続「無言館」の庭から

窪島誠一郎

かもがわ出版

まえがき——再び、「無言館」のベンチ

前巻の「まえがき」に書いた「無言館のベンチ」の他に、もう一つ私がよくすわるベンチがある。前巻のベンチは、「無言館」の本館の周りに置いてあるベンチだが、もう一つの私が愛用するベンチは、本館から約百メートルだんだら坂を下りた右手にある、第二展示館「傷ついた画布のドーム」の前庭に設けられた「絵筆のベンチ」である。

「絵筆のベンチ」という名が示す通り、コンクリートで造られたこのモニュメントふうベンチの高さ三メートルくらいある背には、現在現役で活躍されている画家の方々からいただいた使用済みの絵筆が九十本ほど嵌《は》めこまれている。本館のベンチとくらべると、こちらのベンチは固いコンクリート造りなので、甚だすわり心地が悪い。長くすわっていると尻が痛くなる。しかしなぜか私は美術館に入る前に、そこにすわってボンヤリしていることが多いのである。

絵筆が嵌めこまれたベンチの背のてっぺん近くに、真っ赤なペンキがベッタリと飛び散っているのは、本文中にも出てくる例の二〇〇五年六月に起きた「赤ペンキ事件」のアトを復元したも

のだ。本館にある戦没画学生の慰霊碑「記憶のパレット」に、何者かが大量の赤ペンキをかけるという不可解な事件（今も未解決）だったが、私はそれを「いつまでも記憶にとどめておきたい」という考えから、絵筆のならぶベンチの背中に本物そっくりの赤ペンキをぶちまけたのである。

したがって、「絵筆のベンチ」にすわるということは、現役で活躍されている画家たちの絵筆（なかには無言館建設の恩人である野見山暁治画伯の絵筆もある）にむかって、あるいはそんな画家になりたいという夢半ばで戦場に散った画学生たちにむかってぶちまけられた、あの忌わしい赤ペンキを背負う（背負わされる）ということでもある。そしてそれは、私にとっては今もって、何者かに「赤ペンキをあびせられた」自分の罪と罰に向い合う時間でもあるのだ。

おまえさん、この美術館は今の世の中の何かに役立っているのかい？　おまえさん、戦争で死んだ画学生の絵をこんなふうに見世物にして心が痛《いた》まないのかい？　おまえさん、それもこれも、おまえさんの「戦後処理」の方法だと言い張るのかい？

ああ、コンクリのベンチにのせた尻が冷たくなってきた。

そんな心境で「絵筆のベンチ」にすわっている私に、本館から下りてきた団体客の一人が本にサインをしてくれと頼んでくる。

「センセイ、お身体の具合は如何ですか。無言館の学生さんのためにも、どうか長生きしてくださいね」

ここ数年、たてつづけにクモ膜下出血やらがんやら肺炎やら、多病をかかえている老館主の身を気遣っての言葉だろう。来館者はサインをしている私の顔をのぞきこむようにして、口々にそう言う。

遠くからみたら、何だか団体客にかこまれて、私が吊し上げでも食っているみたいな風景だ。私は本の扉に自分の名前と日付を入れたあと、そのよこに、最近気に入っている「生きゝる」という言葉を一行添えて手渡した。

続・「無言館」の庭から◆もくじ

まえがき――再び、「無言館」のベンチ……………… 1

第1章 「無言館」の庭から① 画学生に捧ぐ哀歌―― 9

カネ、税金、そして「占守島悲話」……………… 10
再燃、「赤ペンキ事件」……………… 22
「小小的晩霞」をうたう……………… 34
画学生に捧ぐ哀歌――「望郷のバラード」……………… 47

第2章 雨よ降れ その1 老いざかり―― 59

「無常といふ事」／「粗餐」の喜び／「正義」のゆくえ／「疑う」という悲しみ／「絶望」と「希望」／老いざかり／「未体験」という体験／石を投げる／「非接触」の時代／「余生」と「与生」

第3章 「無言館」の庭から②「生き残る」ということ —— 81
あなたは「桜隊」を知っているか …………… 82
「無観客」美術館に思う ………… 94
「生き残る」ということ ………… 106
遺族の肖像①——「無言忌」に集う人々 ………… 118
第4章 雨よ降れ その2 原稿用紙を買う —— 131
おクニの世話には…／老兵は死なず？／「流行」ギライ／「演歌」なつかし／原稿用紙を買う／「肩書き」について／ブラックジャック讃／詠《よ》まぬ人、歌わぬ人／パンデミックの作家たち／「嘘つき誠《セイ》ちゃん」

第5章　「無言館」の庭から③「残照館」の夕陽――153
遺族の肖像②――絵を手渡さなかった人たち……154
ある修復家の死――「記録」と「記憶」の保存に殉ず……166
種子《たね》は蒔かれた……178
「残照館」の夕陽……191
続・短いあとがき……204

装丁　上野かおる

出典：『民主文学』２０２０年２月～２０２１年１月
『長野県革新懇ニュース』２０２０年３月～２０２１年10月

第1章 「無言館」の庭から① 画学生に捧ぐ哀歌

飛行兵立像
大貝彌太郎（1946 年結核死／享年 38）

カネ、税金、そして「占守島悲話」

年明け早々、不粋な話になって恐縮だが、今日は「無言館」にまつわるカネの話を中心に書いてみようと思う。とにもかくにも地獄の沙汰もカネしだい、万事カネ、カネ、カネの世の中である。戦没画学生の遺作をならべる慰霊美術館だって、日々来館者から頂く鑑賞料で経営を賄っているいじょう、カネの問題からのがれることはできない。

一九九七年五月に館がオープンしたときには、来館者からもらう鑑賞料は二百円から五百円までの随意制であった。知られる通り「無言館」は、入り口ではお金を受け取らず（したがって通常の美術館のようなチケットを手渡す受付はなく）、作品を鑑賞し終えたあと出口で支払うシステムになっている。戦地に出征し、無念の戦死をとげた画学生たちの遺作や遺品を観終ったあと、来館者それぞれが出口の受付で鑑賞料を払ってゆく。開館当初は出口に「二百円から五百円のあいだでご自由な額をおさめてください」という案内版が掲げてあったと思う。

ところが、「それでは収入が特定できないので税務署から違法を指摘される」と顧問税理士さんから忠告があり、しぶしぶ開館半年経ってから鑑賞料を「五百円」に固定することにした。そしてさらに数年後、「無言館」の名が世間に知られるにつれて、全国から戦没画学生の遺作を預かってくれという要望が殺到しはじめ、当初画学生三十七名、作品数八十七点でスタートした館だったのが、あっというまに画学生百余名、作品数六百点をこえる大世帯にふくれあがり、ついに開館十年めには新たに地元銀行から借り入れをおこして、隣接地に第二展示館（現在の「傷ついた画布のドーム」「オリーヴの読書館」を併設する別館）を建設、そのとき美術館が一般財団法人化されたのを機に、鑑賞料も（両館共通で）千円頂くことになったのだった。つまり、今年開館二十二年をむかえた「無言館」では、これまでに三ど料金アップの改定が行なわれたことになるのである。

最初の頃「無言館」に来館されたリピーターのお客さんのなかには

「あれ？　昔は入館料は二百円からのお任せ料金じゃなかったっけ？」

と、いつのまにやら「千円」に値上りしている入館料に不満顔をされる方がいるのも、もっともな話だろう。

何しろ、「無言館」が開館した一九九七年五月二日の翌日、朝日新聞全国版の「天声人語」が二日間にわたって「無言館」を取り上げ、その最終行はこんな文章でしめくくられてあったのだから。

▼現実的な話になるが、かなりの借金を重ねて「無言館」は完成した。入館料はいただかなけ

ればならない。「しかし、戦没画学生の絵を並べて入館料を取れる日本人は、資格者はいないでしょう」。思案のあげく館を出るときに志を受け取ることにした。二百―五百円の範囲で。それ以上という人は、寄付として。

パチパチパチ（拍手）、こういうのを生来のエエカッコシイというか、オッチョコチョイというか、私は念願の「無言館」が開館したことですっかり舞い上ってしまい、先き行きのことなど何にも考えず、記者にそんな金言（?）を言い放っていたのである。

これじゃあ、いくら収蔵庫や展示スペースの新設によって経営が大変になったからといっても、開館当初の二百円―五百円という随意制が、僅かのあいだに二回も三回も値上りされちゃうなんて、そりゃあまりに無責任というものじゃありませんか、館長サンのあの崇高な理念はどこへ行ってしまったんですか、という声が出ても当然なのである。今となってはもう遅いが、少なくとも私は入館料の設定に対してもう少し慎重であるべきだったのであり、この点一つとっても「無言館」経営を少々甘くみていたといわれても仕方ないのだった。

しかし、私が「天声人語」氏に語った「戦没画学生の絵を並べて入館料の取れる日本人は、資格者はいないでしょう」という言葉が、まるで私の心のなかになかったかといえばそうではない。

「無言館」が入口に受付を設けず、出口でお金をもらう方式になったのも、「勉強途上で戦死した画学生の作品を一般美術館に飾られている巨匠の名画と同列に扱うわけにはゆかない」、「だいいちここにある画学生の絵は、すべてご遺族や関係者からの借りもの（お預りもの）なのであって、美術館が所有権をもつものではないのだ」という、私の頑《かたくな》な考えから生まれた料金システムなのだった。私は未完成のかれらの絵を観てもらって、鑑賞者に「これだけ料金を下さい」と手を出す気持ちにはどうしてもなれず、「それならいっそ鑑賞したあとの来館者の判断にゆだねたらどうだろう」という結論に至ったのである。

それと、これも以前にのべた気がするが、私はどうしても自分が、戦没画学生の作品を来館者に観せて対価を要求するにふさわしい人間であるとは思えなかったのである。たしかに画学生の絵の収集のために三年余の月日をかけて全国を巡り、銀行から金を借りて「無言館」をつくったのは私ではあったが、だからといって自分が、その美術館の主《あるじ》となるのに最良な人間であるなどとはどうしても思えなかった。これまでも繰り返し言ってきたが、私はかれらをふくむ三百何十万人もの戦死者の屍の上に築かれた戦後の繁栄のなかを生きてきた男だった。それまで過去の歴史など一顧だにせず、かれらの絵の存在になど眼もくれてこなかった男だし、かれらが生きた戦争の時代に対しても、とくべつ関心をもって生きてきた男ではなかった。「無言館」の建設だって、私の絵好き趣味が高じたいわばサプライズのような出来ごとであり、ほんらい自分が「無言館」の主になろうなどとは思ってもいなかった人間なのである。私が「かれらの絵を並べて入館料の取れる日本人はいないでしょう」といった日本人とは、まさに「私」のことなのだ。

ただ、そんな経緯から生まれた入口に受付のない美術館だったのだが、開館してから思いがけないというか、まったく想像していなかった事態が発生したので、そのことを報告しておこう。

年間で何十人、いや何百人になるかわからないのだが、何と来館者のなかに入口から出てゆく、つまり画学生の絵を観たあと出口から出ずに、入ってきた入口の扉からタダで出てゆく人が案外いるということに気付いたのである。考えてみれば当り前の話で、出口を通らないかぎりお金を取られない美術館なのだから、入口から出れば鑑賞料ナシということになるのだ。このあいだは、グループで来館した中年組のオッサン十数人が、堂々と入口から退出してゆくのをみたときにはさすがにショックだった。

しかし私は、それもまた「無言館」が置かれている現在のありようではないかとも考えるのである。画学生の遺作や遺品の前で涙し、「何かに役立ててください」とお釣りを受け取らずに帰ってゆく人もあれば、シメタといった顔で入口から出てゆく不心得入館者もある。いつまで経っても画学生が成仏できない美術館というと可笑しいが、「無言館」はまさしく、そんな「戦後」の只中に建つ美術館であるともいえるのだろう。ことによると、私の発案した「料金後払いシステム」は、そうしたさまよえる戦後日本人の姿をあぶり出す、絶妙な装置の一つであるといえるのではないだろうか。

さて、入館料の話をしだしたら、税金の話にもふれないわけにはゆかない。わが「無言館」が一九九七年に開館して直面した最大の事件、いや最大の災難として記憶にのこっているのは、開館して一年後におそってきた「所得税」の督促だった。以下、その話をしたい。

地元のA工務店によって施工された「無言館」本館の総工費は九千五百万円余で、その半分近くは全国津々浦々の篤志家から寄せられた寄附金（一口一万円で公募し寄附者の氏名を館出口そばのレンガ壁に記名するというシステムだった）で賄われたのだが、何とその寄附金すべてが「経常収益」（収入）とみなされて、多額な納税義務が生じたのである。全国三千八百余名の方々からの浄財は、ざっと四千七百万円ほどだったのだが、その収入に対して約二千三百四十万円もの税を即刻納めねばならないというお達しがきたのだ。

考えてみれば、当時経営していた「信濃デッサン館」は資本金一千万円の「株式会社」になっていて、今のような免税措置がとられる財団法人資格をもっていなかった。だから、そこに多額の義援金が寄せられてくれば、当然それは不労所得的な「収入」と認定されるわけで、「無言館」が公的支援をうけていない純粋な個人立の美術館であると胸をはるのなら、尚のことその「納税義務」は果たしてもらわなければならないというのが、所轄税務署の見解なのだった。

しかし、これも当然のことだったが、あつまった寄附金は全額すでに建築費の一部として建設会社に支払われている。それどころか、私の会社は残りの資金調達のために、美術館の土地を担保に地元銀行から新たに六千万近くの借り入れをあおいでいるのだった。調子にのって「無言館」を建設してみたものの、私は当時開館十八年めをむかえていた万年赤字の美術館「信濃デッサン館」を経営する身でもあり、貯えなんか一銭もありやしない。毎月銀行ローンの返済表とにらめっこしているキリキリ舞いの私には、逆立ちしたってそんな多額な税金をひねり出すなんてことはできないのだ。で、けっきょく私は、銀行の融資課長サンに土下座をして、さらに納税分の金を銀行から借り出さねばならなくなったのである。

ああ、この世に神も仏もないものか。

ところが、これこそ天の助けというべきか、そこに文字通り白馬にまたがった騎士のごとき一人のらつ腕税理士が登場したのだった。

税理士の名は池田誠氏。愛知県豊橋市で永く税理事務所を営まれているという池田氏から一本の電話が入ったのは、私が税務当局から寄附金に対する税金の督促状をうけとって、何とか銀行から短期借入れというかたちで納税をすませてから半年ほど経った頃だった。電話口のむこうで、池田氏はいきなりこういうのだ。

「私は先月号の『芸術新潮』で『無言館』の義援金に税金がかけられていたことを知った者だが、いかにオニの税務署といえども、それはあまりに理不尽。私の経験からいっても、今回の件はしっかり説明すれば相手もわかってくれるような気がする。それに、この義援金に対するあなたの経理上の処理の仕方にも問題がありそうだ。もし私でよかったら、この税金問題を解決するのを手伝わせてもらえまいか」

池田誠税理士が読んだ『芸術新潮』の文章というのは、たまたま同誌が「無言館」の開館を特集した一九九八年の九月号に私が寄稿した「無言館その後」というエッセイのことだった。私はそこに、「無言館」が開館一年をむかえた感想、そのあいだに生まれたご遺族との交流、新しく発見された画学生の絵のこと、美術館が開館したことへの内外からの反響などについての報告とともに、とつぜん降って沸いた税金禍のことについてもふれたのだが、どうやら池田氏はそれを読まれて大フンガイ、その頃すでに支払いをすませていた税金を、すぐにでも返還してもらうべく一肌ぬぎたいといってきたのである。それをきいた私が欣喜雀躍、一も二もなくその見知らぬ税理士さんに税金の「奪還計画」をお願いすることにしたのはいうまでもない。

電話を置くときに、池田氏がいったこんな言葉を今でもおぼえている。

「いいですか、館長サン。あなたのもとに寄せられた義援金は、あなたのものではなく、戦争で死んだ画学生に対して寄せられたお金なんです。あなたには『無言館』の代表として、そのお金を守らなければならない義務があるんです」

私は会ったこともない池田誠税理士の、その一言にグウの音も出なかった。

で、どうなったかといえば、池田氏はさっそく豊橋市から信州の「無言館」までやってこられ、何日間も上田に滞在して関係帳簿を再点検、すでに二ヶ月後にせまっていた更正請求（いったん納めた税金の申告を取り消すこと）の受付期限までに大車輪の働きをしてくださった。みれば六十代半ばくらいだろうか、がっしりした体躯にはちきれんばかりの闘志を漲《みなぎ》らせた硬骨漢で、滞在中は秘書さんを一人連れて朝早くから「無言館」にこられ、館の建設にかかわるすべての帳簿の整理から、そのときに寄せられた全国からの寄附金の再集計、篤志家の氏名、居住地の再確認、手元にある預金との照合等々、それまできわめてズサンだった館の経理に次々と改善の指示を出され、そのかたわら国税当局の知己をたずねて何ども相談を重ねられた。

そんな池田氏の獅子奮迅の活躍によって、ようやく所轄の税務署に提出する「更正請求」に必要な帳簿書類一式がそろったのは、もうその年の暮れ近くのこと。あらかじめ氏から国税当局にその旨の嘆願書がとどけられていたので、あっけないほど受理はスムーズだった。国税局上層部のなかにも、「無言館」のことを知っている人は何人かいたそうで、経理上のミスによって納められた今回の税金が返還されることには一様に理解をしめしてくれたという。銀行から借り入れて納付されていた二千万円余の法人税はそくざに税務署から銀行に返済され、年明けが納付期限だった地方税も全額が免除されることになった。今更いうのも何だが、これじゃあ私は経営者落第、池田氏があらわれなければ、いったい自分はこの借金の返済をどうしようと考えていたのだろう、と思った。

が、ともあれ、私たちの「税金奪還計画」は見事に成功したのだ！　奇跡がおこったのだ！

後日、豊橋市曲尺手《かねんて》町にある池田氏の事務所まで礼に出向くと

「いや、いいんですよ。これはもともと支払われるべき税金ではなかったのですから。私は税理士の端クレとして、あなたのまちがった経理処理を見すごすわけにはゆかなかっただけなんです。……それより、これからのあなたは全国の戦没画学生のご遺族、そしてこの美術館の実現に力を貸してくれたあらゆる人々の代表という心構えをもって、仕事に取り組んでいってください。期待してますよ」

池田誠氏は恐縮する私を前にしてそういった。

……それにしても、これほどまでにわが「無言館」に力を貸してくれ、あわや開館一年めにして沈没寸前だった美術館を救ってくれたキトクな税理士、池田誠氏とはいかなる人物なのか。身長百六十センチほどの小柄な、しかしどこかに古武士のような頑迷さをひめたその白髪の紳士の顔を、私はまじまじとみつめたものだった。

やがて、その池田誠氏の正体がはっきりするときがくる。

以下は、私が豊橋の「池田誠税理事務所」に伺ったとき、池田氏の女性秘書からそっと手渡された氏の編著『北千島占守島《しゅむしゅ》の五十年』（一九九七年国書刊行会）、および氏自身が書かれたいくつかの手記、回想記を読ませてもらってわかったことである。

周知のように太平洋戦争が終結したのは昭和二十年八月十五日だが、その終戦三日後の十八日深更、カムチャッカ半島南端に位置する占守島に駐屯していた戦車第十一連隊、および歩兵部隊、工兵部隊がソ連軍の夜襲をうけ、連隊に九十六名の戦死者、他部隊にも五百余名の死傷者を出したことはあまり知られていない。当時の第十一連隊の連隊長池田末男大佐が、大本営からの指令のないまま（まだ降伏後の日本を統括する連合国軍最高司令官マッカーサー元帥は到着していなかった）敵兵の撃退を決意し、ほとんど闇討ちというしかなかったソ連軍の砲撃に応戦したすえの悲劇だった。

同じ占守島で何人もの戦友を失なった故司馬遼太郎氏の『風塵抄二』（一九九六年、中央公論社）にも、その第十一連隊の「終戦後の戦闘」についてのくわしい記述がある。


いまでも、私は、朝、ひげを剃りながら、自分が池田大佐ならどうするだろうと思い、その困惑の大きさを想像したりする。（中略）日本はすでに降伏している。（中略）ソ連も、当然ながら連合国の一員であった。その一員が、いわば夜盗のように侵攻してきたのである。（中略）池田大佐は、撃退することを決心した。（中略）上陸したソ連軍は、撃退された。が、再度上陸してきた。このため激戦になり、多くの敵味方が死んだ。池田大佐も死んだ。八月二十一日になってようやく双方白旗をかかげた軍使によって停戦が成立した。日本軍の生者はシベリアへ送られた。

この戦車第十一連隊長池田末男大佐の長男が池田誠氏その人であることを知ったときにはおどろいた。そうか、池田税理士とはそういう人だったのか。だからあれほどまでにわが「無言館」の税金奪還に情熱を燃やしてくれたのか、と眼をつぶった。

もちろん、池田氏の父君のそうした悲劇的な戦死が、氏が「無言館」を応援した理由のすべてだったといっているのではない。氏自身がいうように、そのときの税金問題は、プロの眼からみて明らかにこちらがわの経理処理の不注意がまねいたことであり、その結果多くの支援者の寄附金に「かかるはずのない税金」がかかってしまったことを氏が看過できなかったというのが真実だろう。しかしその根底に、池田氏の敬愛する父末男大佐が終戦後の占守島で非業の最期をとげていたこと、その遺児である池田氏が〝戦争〟という歴史に対して抱きつづけてきた、どこにももってゆきばのない憤りがあったこともまた事実だったにちがいない。

館運営の忙しさにかまけて、もうご無沙汰して十年いじょうにもなる。「無言館」の恩人池田誠税理士は、今もお元気にしておられるだろうか。

（2020.2.1）

再燃、「赤ペンキ事件」

「民主文学」十二月号にもくわしく論述されていたが、去年の美術界の一番の話題といえば、何といっても「あいちトリエンナーレ２０１９ 表現の不自由展―その後」をめぐる騒動だったろう。本当は騒動などと茶化した言い方はできないくらい、この事件のもつ問題は根深く重いものだったのだが、あまりにもその顛末がお粗末だったので、思わず「騒動」と言ってしまうのである。

もともとこの「その後」展は、これまで日本の公立美術館などで展示を拒否されたり、展示後に撤去を命じられたりした作品（たとえば従軍慰安婦をモデルにした韓国人作家による「平和の少女像」や、昭和天皇の写真を使ったコラージュ作品など）を一堂に再展示して、あらためて「表現の自由」について考え論じてみようではないかという試みだったのだが、「中止しなければガソリン缶を会場に持ちこむぞ」とか「少女像の出品は不謹慎」とかいった匿名の脅迫者からの脅しにあっさり屈して、主催者である愛知県がたった数日間で展覧会を休止してしまったというものだった。火に油をそそいだのは、それに加え名古屋市長があたかも脅迫者の抗議を擁護するかのように、「最初から公費でこうした展覧会はやるべきでなかった」と発言、行政の長として「展覧会を即刻中止せよ」と美術館の前で座りこみまでする行動におよんだこと。

そして、それに歩調を合わせるように、政府がすでに交付が内定していた「その後」展に対する助成金について、「手続き上のミスが発見されたので不交付とする」と発表し、それをうけた作家側、開催実行委員会側が猛反発、遅ればせながら「作品を展示せよ」「助成金を交付せよ」と拳《こぶし》をあげたことにより、ご存知の通り結果的には展覧会の開幕一週間前という時点になって、展覧会は入場者をクジ引きで限定、制限するという形で再開されることになったのだった。

つまり、ちょっぴり皮肉をこめて言うなら、「表現の不自由」を訴える企図をもった展覧会が、文字通り「展覧会の開催そのものの自由を失なって」右往左往するという、想定していなかった成果をあげたのが今回の騒動だったのである。

だが、「その後」展はその後、さらに最悪の経緯をたどる。

あいちトリエンナーレ2019「その後」展が中止されたあと、あちこちの芸術祭で「少女像」の出品が認められなくなり、三重県伊勢市などのケースでは、伊勢市在住のデザイナー花井利彦氏のグラフィック作品の一部に、少女像の写真がコラージュされているという理由だけで、市教育委員会が作品の出品を許可しないことにした。また、川崎市で開幕した「ＫＡＷＡＳＡＫＩしんゆり映画祭」では、慰安婦問題をテーマにしたドキュメンタリー映画「主戦場」の上映が、一どは予定されながら最終的には中止に追いこまれた。どこの主催者の中止理由も、「万一トリエンナーレ展と同じように会場にガソリンでも撒かれたら防禦するすべがない」というもので、はなから展示作品を守り展覧会を遂行しようという姿勢に欠けたものであった。

いっぽうで、「その後」展で抗議をうけた作品を予定通り展示する動きもあった。今秋広島県で開催が予定されている国際芸術祭「ひろしまトリエンナーレ２０２０ ＩＮ ＢＩＮＧＯ」のプレイベントでは、「その後」展で苦情が集中した大浦信行氏制作の昭和天皇をふくむ肖像群が燃える映像作品「遠近を抱えてＰａｒｔⅡ」を上映、主催したＮＰＯ法人によると混乱はほとんどなかったという。十月半ばに山形市で行なわれた「山形国際ドキュメンタリー映画祭２０１９」（山形市主催）でも、大浦氏の別の作品を上映したのだが、それにもまったく抗議や文句を言ってくる者はなく、むしろ閉幕後には、スタッフや作家、来場者ら二十数人のあいだでなごやかな意見交換が交わされたという。

要するに、この「あいちトリエンナーレ２０１９ 表現の不自由展―その後」に端を発した一連の騒動は、結果的には「表現」のもつ多様性をどう判断するかという主催者側の主体性が、あらためて問い直されるという、思いがけない学習機会を生んだといってもいいのである。

この「その後」展の報道に接したとき、私はすぐに、二〇〇五年六月十八日に「無言館」で起こったある事件を思い出した。

それは、「無言館」の前庭に設置されている戦没画学生の慰霊碑「記憶のパレット」に、何者かの手で大量の赤いペンキがかけられたという事件である。古くから「無言館」を知っている人なら、未だに実行者が特定されておらず、目的も意図もはっきりしない、この何とも不気味な未解決事件を覚えておられる方も多いと思うのだが、当時この事件はテレビのニュースや全国各紙でも大きく報じられた。

たとえば、翌日の六月十九日付の朝日新聞によると、事件の全容はこうだった。


長野県上田市の戦没画学生慰霊美術館「無言館」(窪島誠一郎館主)にある慰霊碑「記憶のパレット」に18日朝、赤いペンキがかけられているのを出勤した同館職員が見つけ、上田署に届けた。同署は器物損壊の疑いで調べている。

慰霊碑は前庭にあり、縦2・6メートル、横3・6メートルの黒御影石製。赤いペンキは、絵のパレットの形をした表面に、缶から流したように幅約1メートルの帯状にかけられていた。前庭は、外から自由に出入りできるようになっている。

無言館は97年に開館し、戦死した美術学校生らの遺作を全国から集め、書簡などとともに展示している。慰霊碑は昨年6月に遺族や関係者の募金で完成。表面には４０３人の戦没画学生の名前と、戦前の東京美術学校（現東京芸大）の授業風景が描かれている。

窪島館主は「無言館について様々な考え方やとらえ方があるのは当然だが、それをこうした手段でしか表現できないとしたら、あまりに悲しいことです」と話した。

記事には「戦没画学生慰霊碑に赤ペンキ」「長野上田署・器物損壊容疑で捜査」といった見出しとともに、無惨に碑面の約三分の一に赤いペンキをぶちまけられた慰霊碑の写真が大きく掲載されていた。一地方の小さな私設美術館（当時はまだ財団法人化されていなかった）で起こった出来ごとにしては、全国ネットのＮＨＫＴＶニュースでもかなりくわしく報道していたから、それなりにメディアの関心と世間の耳目をひく事件であったことはたしかだろう。

それにしても、この実行者はどのような理由で大量の赤ペンキを慰霊碑にかけたのか、「無言館」（あるいは私）に何か恨みがあったのか。右か、左か、真ん中か知らないが、何か犯人の主義主張に沿わないところが「無言館」にあったのか。事件から十五年が経った今でも、私は時々ふとそんな疑問にとらわれる。いったいなぜ、犯人は画学生の名の刻まれる慰霊碑を赤ペンキで汚したのかという思いは、あれいらいずっと私の心を離れることがないのである。

報道では「器物損壊の疑いで上田署が捜査に乗り出した」とされているが、じつのところ警察はこの事件の捜査に関してはあまり熱心ではなかった。というのは、事件後に館主である私が「ペンキを全部排除しないで一部をのこしておきたい」といい出し、(警察にとっては) 何とも不可解というしかない「ペンキ保存計画」をうち出したからだった。私は事件後すぐに業者をよんで、碑の中央を真ッ赤にそめているペンキ (何種類かの塗料を混ぜ合わせた簡単には落ちにくい特殊なペンキが使われていた) の大部分を除去したのだが、「ペンキを全部取り除いてしまったら、この事件そのものが無かったことになってしまう」という考えから、碑面のすみにほんの少しペンキの痕をのこしたのだ。そして、その数年後に建設された「第二展示館」(「傷ついた画布のドーム」に「オリーヴの読書館」を併設) の前庭に設けられた「絵筆のベンチ」というモニュメントの上に、そのペンキ痕をわざわざ移動して復元することにしたのである (こんど来館されたらぜひごらんになってください)。警察にしてみたら、被害者である私のそうした何となく優柔不断でどっちつかずの行動は、その後の捜査のヤル気を甚だそぐものだったことは想像に難くない。

ペンキ痕が復元された「絵筆のベンチ」の裏には、こんな文章が真鍮板にきざまれて貼られている。

椅子《ベンチ》の背を飾る九十本の絵筆は、現在画壇で活躍中の画家、美術学校等で勉強している画学生さんの絵筆です。壁面を汚している赤いペンキは、二〇〇五年六月十八日、実際に「無言館」の慰霊碑にペンキがかけられた事件を「復元」しました。「無言館」が多様な意見、見方のなかにある美術館であることを忘れないためです。

もちろん、私のこうした行動に対する反応には賛否あって、美術館にも「事件を風化させないことは大切だが復元はやりすぎ」だとか、「ペンキで汚された画学生の名が痛々しい。館の代表である貴殿にはもっと断固とした態度で挑んでほしい」だとかいった批判の手紙がとどいたし、全国紙の投稿欄にも「一刻も早く犯人究明を」「画学生たちが泣いている」といった慨嘆の投書が寄せられていた。全体としてみると、私の「ペンキ保存計画」に拍手する者はほんの僅かで、ほとんどが「そんなパフォーマンスは犯人を甘やかすだけだ」といった手きびしい意見だったのである。

とくに遺族の怒りははげしく、フィリピンのルソン島で画学生の兄を失なった弟さん八十五歳は

「ともかく犯人の逮捕が先決。何らかの政治的意図があるならば、徹底的に究明してほしい」

といい、ビルマ戦線で戦病死した画学生の兄にあたる九十歳の男性も

「私たちはただ、画家への志半ばで戦死したかれらの遺作をここで保存しつづけてゆきたいだけ。そのことにどんな罪があるというのか」
私の胸をつかむようにしていうのだった。

しかし、私も頑固である。

「絵筆のベンチ」の裏に書いてある通り、「無言館」の館主である私が一番大切にしたかったのは、この美術館に対する多様な意見、見方だった。先の大戦に出征し戦死、画家になる夢を絶たれた若者たちの絵をならべた美術館だからといって、だれもがかれらの絵を観て「反戦」を誓い、今ある「平和」の尊さをかみしめるという優等生的（？）鑑賞者であるべきなどとは思っていない。「戦争」をじかに経験した年配者、「戦争」のセの字も知らずに育った若者、美術芸術に関心のある人、ない人が混在するのが「無言館」である。千の人がいれば千の感想、意見があって当然なのだ。

以前にもちょっとふれたが、「無言館」に足をふみ入れた人のなかには、「自国の戦没画学生だけにフォーカスしたこの館の存在にはある種のナショナリズムを感じる」とか、「作品の下にある説明文がいかにも感傷的、お涙ちょうだい的で嫌悪感をもつ」とか、どちらかといえば「無言館」のもついくぶん演出過剰気味な面を指摘して帰ってゆく人もいる。また、「ほんらいこうした美術館は国がやるべき仕事。民間の一個人の手で建設されたことに何となく違和感を抱く」「どんな大義名分をならべたって、戦争犠牲者の絵を収益事業のタネにしていることには変わりないじゃないか」等々、「無言館」の将来に不安や疑問をもつ人も少なからずいる。だからこそ、私はそんな指摘一つ一つに耳をすますことが、今の「無言館」にとってきわめて重要なことだと思っているのである。

これも前にのべたことだが、この「無言館」なる美術館は、当事者である戦死した画学生の同意を得ぬままにつくられた美術館である。肝心の画学生たちには無許可の、生きのこった家族や関係者たちが抱く故人への哀惜の思い、戦争に対する嫌悪や自省の思いからつくられた美術館である。だから私はいつも、「無言館」の存在を画学生たちは心から喜んでくれているのだろうかとか、本当はかれらにとって「無言館」は、むしろ画家としてのかれらを侮辱し貶《おとし》めている美術館なのではないかという畏れを抱く。どこからかきこえてくる画学生の、「声なき声」に怯えているといっていいかもしれない。そして、そんな矛盾をはらんだ美術館であることを承知しているからこそ、館に寄せられる多種多様な感想、訴えを白紙の気持ちでうけとめなければならないと考えているのである。

「赤ペンキ事件」だってそうだ。

十五年経った今も、実行犯の動機や目的はわからないままなのだが、この事件が「無言館」につきつける無言の抗議は私に重くのしかかっている。「おまえは表現者である画学生の誇りを結果的に踏みにじっているのではないか」「かれらの絵をおまえ自身の戦後処理に利用しているだけではないのか」、そんな自問を数えあげたらキリがない。十五年前何者かの手で慰霊碑にかけられた赤ペンキは、私の心に絶えることない警告のシグナルを送りつづけているのである。

あの日、遠くに新緑の浅間山や千曲川の流れをのぞむ東信州の丘に建つ、わが「無言館」の慰霊碑「記憶のパレット」の半分以上を覆いつくした大量の赤ペンキの、何と毒々しく鮮烈だったこと！

話をもどすが、私が去年の「あいちトリエンナーレ２０１９ 表現の不自由展―その後」の報道にふれて、十五年前に起った「無言館」の赤ペンキ事件を思い出したのは、両事件がどちらも匿名の実行者の手で行なわれた蛮行だったからだ。「展覧会を中止しなければ会場にガソリンを撒く」という脅迫も、「慰霊碑に赤ペンキをぶちまける」という行為も、実行者にとって気に食わない他者の「意見」や「表現」を、自らの名を明かさぬまま、暴力によって抹殺しようとする卑劣千万な考えからきていたからだった。

二つの事件が似て非なるのは、「その後」展が企画段階からいわゆる公的助成金が交付されることを前提として開催された展覧会だったことであり、それにくらべ「無言館」のほうは、そうした公的援助を一切うけていない民間立の美術館であるということである。「その後」展が「公費を使ってやるべき展覧会ではない」といった批判をあびたのとはちがって、もともと「無言館」は（数年前一般財団法人化されてから税法上の特典をいくらかうけられるようになったものの）いわゆる助成金といった公費は一銭も貰っていないわけだから、その点でいちゃもんをつけられる理由はまったくない。むしろ犯人は、私という一個人に対して抱く私憤や悪感情から、「慰霊碑を赤ペンキで汚す」という行動に至ったのではないか。というより、ことによると実行犯のほうもまた、「無言館」がいかなる思想や哲学のもとに建設された館であるかがもう一つつかめないまま、そのイライラ（？）が犯行に走るきっかけになったとも推測できる。

どちらも感心したことではないけれども、「その後」展へのガソリン缶持ちこみは、ある意味「個」から「公」にむかって行なわれた抗議であり、「無言館」への赤ペンキは、「個」から「個」に対して投じられた一石だったと考えるのだが、どうだろうか。

どっちにしても、「その後」展にもとめられるのも、「無言館」にもとめられるのも、会場を訪れ作品を鑑賞した人々のあいだで、健全かつ打々発止の議論が交わされるという状況だろう。同時に、その展覧会や美術館を主導する者が、心のうちで繰り返し「この展覧会はこれでいいのか」「この美術館はこれでいいのか」という問いを自らに発しつづけることだろう。

そういえば、もう何年も前になるが、「無言館」の出口受付にある例の「感想文ノート」で、来館者同士でこんな「論争」がたたかわされていたことがあった。

（二〇一六・五・五）

偶然「こどもの日」に無言館を訪ねることとなって、ハッとしました。無言館に展示されている作品群、あるいは画家の卵らの辿った足跡を見るにつけ、悲しかっただろうな、悔しかっただろうな、と感じましたが、けれどもそれは、ここを訪れた方々の感想と、やや趣きを異にしたものでした。つまり表現者である以上、大家であれ名も無き者であれ、その作品の良し悪しは、作品の中で完結し批評されることが筋であって、『戦争でなくなってしまった学生さん』の描いた作品として評価されるのは、きっと亡くなられた表現者にとっては歯がゆさが残る評価のされ方ではないでしょうか。それゆえに私はかれらを本当に〝かわいそう〟と思います。戦争で死ぬことよりも、描き続けても描き続けても評価されず、遂には食い詰めて社会的落伍者として死ぬ人生の方がましです。戦後七十年、食い詰めながら死んでいった人間しかいなかった〝幸福〟を噛みしめたい今日この頃です。

（東京都・ヤマダ）

同じ日に次のページに書かれた文章はというと――

（二〇一六・五・五）

前の記述の方と少し異なった見方をしました。一つ一つの作品や手紙などが、「絵を描きたかった思いを抱きながらそれをはたせず命を落としていった絵描き」は、他の無念の死をとげた絵描きでも何でもない人達の思いも、形にして伝えていると感じたのです。表現者は、生前の自分を『絵』という形にして残せたのです。ここは生を戦争や国策などに翻弄された数多くの人達の思いを、無言で語り、考えさせる、そんな場所だと考え、感じました。（飯田市・サイトウ）

ヤマダさん、サイトウさん、最高。こういう論争には、ガソリンも赤ペンキも要らない。

（2020.3.1）

「小小的晩霞」をうたう

前号の「赤ペンキ事件」で紹介した画学生の慰霊碑「記憶のパレット」について、もう少し書いておきたいことがある。それは、この慰霊碑が何の目的で、どんな経緯で建立されたかについてである。

一九九七年五月に「無言館」が開館したときの段階で、収蔵展示された画学生数は三十七名、作品数は八十七点だったのが、今では百三十名、百七十七点にまでふくれあがっていることは前にも書いたが、その後の調査でわかったのは、戦時中に出征し戦死した画学生のなかには、今も遺作が見つかっていない「制作作品なき画学生」が多くいるということだった。いや、多くいるどころではなく、むしろ遺族、関係者の手によって遺作が保存され、その証言から画学生の名や出自が判明し、のこされた作品が「無言館」に展示されることになった例のほうが圧倒的に少ないのだ。当時の美術学校の卒業者名簿や、同時期に机をならべていた（戦死しなかった）画友たちの証言によって、各々しかじかの画学生がいたという事実は掌握できても、かれらがどういう絵を描いていたか、どういう彫刻をつくっていたかがわからぬままの画学生が多数いるのである。

具体的にいうと、私が全国の遺族宅を訪ねあるきはじめたとき、じっさいに作品をお預かりできたのは、前述したように画学生三十七名の八十七点だけで、その時点で（作品が見つからなかったために）手ブラで帰ってきた遺族宅は十数ヶ所にのぼっていた。当時すでに戦後五十年近くが経過し、空襲によって遺作が焼失したり、散逸したり、あるいは家族が疎開先を転々とするうち所在不明となった作品がヤマほどあったのだ。

何どもそんな手ブラ旅をくりかえすうち、

「せめて作品のない画学生の名だけでものこしておくことはできないものか」

といった思いが私のなかに生じてもふしぎはなかったろう。

画家が画家として認められるのは、あくまでも画家がのこした作品の存在によってのこと。作品の良し悪し以前に、作品がなければ話にならない。作品が存在しなければ、それは「画家が存在しなかった」ことにひとしい。しかし、画学生たちがたしかに絵を描いていたことは事実なのである。そして、その絵の存在を奪ったのは不条理な戦争なのだ。画学生たちが招いたことではなく、かれらが生きた理不尽な時代の仕打ちによってそれは失なわれたのだ。せめて今を生きる私たちに出来ることは、画学生たちが「たしかに絵を描いていた」という事実だけでも記録しておくことではなかろうか。

そう、現在「無言館」の前庭に設けられている慰霊碑「記憶のパレット」は、じつは「無言館」に所蔵展示されている画学生の名をのこすためではなく、そもそもそうした「作品が見つからない」画学生の名をきざむためにつくられた石碑だったのである。

あらためて、わが「無言館」にある戦没画学生慰霊碑「記憶のパレット」の詳細を紹介しておくと、まず寸法は縦一・六メートル、横三・六メートルで、碑の厚さは約三十センチから最大一メートル余。石材は、中国山西省の石切り場から取り寄せた重量二十三トンにもおよぶ黒御影石で、碑面の三分の二くらいには、戦時中東京美術学校（現・東京芸大）に在籍していた学生たちの「授業風景」

が篆刻《てんこく》され、その画面の下半分を覆うように戦没画学生五百余名の名がきざまれて、毎年新しい画学生が判明するたびにその名が加えられることになっている。

前にもいったように、「戦没画学生」といっても出身校はさまざま。東京美術学校の他に、現在の多摩美大・武蔵野美大の前身にあたる帝国美術学校、あるいは日本画の専門学校だった京都絵画専門学校、そして少数だが独学で絵を学んでいた学生とか、普通大学の師範科を出て教師になったあと絵の道に入った若者などもふくまれている。いずれも先の日中戦争、太平洋戦争などに学業半ばで駆り出され、そのまま戦場から還ってこられなかった「画家の卵」たちである。

慰霊碑の製作と建立を請け負ってくれたのは、たまたま当時地元上田市の駅前開発を手がけていた茨城県真壁市のS石材店だったのだが、私の希望する重量感、表面積をもった石材が国内では調達できず、けっきょく中国華北地区の山西省の山から切り出してきた黒御影石を、福建省厦門《アモイ》市の石彫工場まで運び、そこで中国工芸学校を卒業した「陰陽職人」とよばれる画工たちの手によって碑面の「授業風景」が篆刻されることになった。パレットを形どった巨大な石の上にバッタのように張りつき、篆刻刀を握って「太平洋戦時下の美校生」の姿を碑面に彫りこんだのは張亜麗《ジャンアアリイ》さん（当時二十四歳・女性）、王輝陽《ワンアイヤン》さん（当時二十五歳・男性）、劉麗玲《リウレイリン》さん（当時十九歳・女性）の三人。かつて中国兵の銃口の前にいた日本人美校生の「授業風景」を、当時のかれらとほぼ同年齢である現代中国の若い青年画工たちが一心に篆刻している姿に、はるばる厦門の石彫工場まで行って立ち合った私はただ胸をあつくしたものだった。

三日間がかりの作業がようやく終了したとき、私が通訳さんをつうじて、

「日本との戦争によって、たくさんの中国の若者も殺された。そのなかにはあなたがたのような秀れた画工の人たちもいたことだろう。それについてどう思うか」

と問うと、

「从那战争《ツオンナアジャンジェン》　已经过了《イージンクォラ》　足够的岁月《ズウゴウダスイユエ》（もうあの戦争からじゅうぶんな月日が経ったのですから）」

しばらく考えたすえ、短く言った張さんの言葉が耳の底にある。

そして、その厦門の石彫工場で張さんたちが懸命に慰霊碑の篆刻に打ちこんでいる光景に接したことが、私に碑面の「記憶のパレット」の題字のよこに、

私たちの芸術と
私たちの銃の前にあった
すべての芸術のために

という三行――つまり「この碑は日本人画学生の霊だけに捧げられるものではなく、画学生が戦いを余儀なくされたあらゆる敵国の芸術家の霊に捧げられるものである」という一文を追加さ

せる動機となったのである。

だが、その「記憶のパレット」が完成して約二年半後のこと、私はひょんなことからふたたび中国を訪れる機会を得、篆刻画工の張亜麗さんがいわれていた「あの戦争からじゅうぶんな月日が経ったのですから」という感想が、かならずしも現在の中国人すべての総意ではないことを知る。中国の人々はかの日中戦争、太平洋戦争下において日本軍からうけた恐怖や屈辱を、今もけっして忘れていないということを知ったのである。

きっかけは、一九九九年七月半ばからの約十日間、私が「日中文化交流協会」ひきいる日中文化人親善使節団のメンバーに加えられ、団長篠田正浩映画監督のもと、作家坂上弘氏、女優毬谷友子氏、作曲家千住明氏らと、北京、大連、太原、大同、上海などをめぐり、各地で現代中国を代表する作家、画家、音楽家らと面談、歓談する機会をもったことからだった。私はそうした中国の文化人らと出会って、たがいの戦争観を語りあううち、戦後半世紀をこえた今も尚、かれらの心の底に澱のようにたまっている「怨念」を知ることになったのである。

親善旅行中、私は中国北部にある太行山脈のふもと、石家庄市に住む作家の鉄凝《ティエニン》さん宅をお訪ねした。北京から南西に約二百キロほど行った石家庄市は人口二百九十万、果樹栽培や農業のほかに綿織物や製鉄業でも栄えている河北省の省郡で、鉄凝さんは現在中国文壇で最も活躍している女流作家の一人であり、中国作家協会の副主席、河北省作家協会の主席もつとめられている、日本でいったら、さしづめ宮部みゆきさんか高村薫さんクラスの超売れっ子作家。石家庄市のほぼ中央にある閑静な住宅地に建つ高層マンションの最上階に、父君である洋画家の鉄揚氏とお二人で住まわれていた。

じつは、私が鉄凝さんを訪ねたのには二つの目的があった。

一つはその前々年の一九九七年に、まだ開館まもなかった「無言館」を、鉄凝さんを団長とする中国作家訪日団の一行五名が来館し見学してくださったことに対するお礼をのべること。そしてもう一つは、私が「無言館」開館時からひそかにすすめているミッションの一つである、中国における戦没中国人画学生の遺作収集についての情報提供、あるいは作品を見つけるためのアドヴァイスを、父上の鉄揚画伯からあおぐことだった（私は勝手にこれを「プロジェクト・チャイナ」とよんでいた）。もちろん一九五七年北京に生まれ、「第八曜日を下さい」や「赤い服の少女」などのベストセラーが日本でも数多く邦訳され、多くの日本人のファンをもち、そのうえモデルかと見紛《まが》うばかりの端麗な容姿で知られる鉄凝さんとの再会も楽しみだったが、私としてはそれいじょうに、鉄凝さんの父君鉄揚氏を通してたとえ一人でも二人でも、日中戦争で命を落とした中国人画学生の消息をつかむことはできないだろうか、という淡い期待を抱いての中国訪問だったのである。

「なぜそれほど、中国人の戦没画家の絵を飾ることにこだわるのか」

石家庄のマンションに到着してすぐ、鉄揚氏は柔和な顔を私のほうにむけ興味深そうにそうたずねられる。

鉄揚画伯はその頃私より一回り上の六十代半ばで、日本を発つ前に手に入れた『鉄揚画集』には、中国画壇でも追従を許さないというスピード感あふれる水粉（ガッシュ）による「水浴びする裸女」や、どこか梅原龍三郎か中川紀元の描法にも似たところのある巧みなタッチの油彩画「オンドルのある風景」（主に河北省地方に伝わる日本の掘り炬燵のような暖房を使っている生活風景）のシリーズがおさめられていたのを思い出す。そういう眼でみるせいか、鉄揚画伯の絵は娘さんの鉄凝さんの小説にもつうじる、ある種土俗的で庶民の生活の足もとを見据えた「土の抒情」にあふれていて魅力的なのだった。

私はその鉄揚画伯にむかって、

「私が日本で営む美術館には、先の戦争で亡くなった画家の卵たちの作品が飾られているが、もとよりあの戦争で亡くなったのは日本の画学生たちだけではない。戦火によって多くの才能が失なわれたという点では、中国もまた同じだったと思う。私としては、そんな中国の戦没画学生の絵を一点でも発見して、日本の画学生といっしょにならべたいと考えているのだ」

通訳として同行して下さった中国日本文学研究会理事の陳喜儒氏を通してそういったのだが、

もちろん画伯につげたいことはそれだけではなかった。

私はそのとき、「無言館」独自の調査によって判明している「留学中に中国、台湾、韓国籍でありながら日本兵として出征を余儀なくされた外国人画学生たち」の名簿や資料を持参していた。あの時代、東京美術学校、帝国美術学校で学ぶ画学生のなかには、少数ではあったがあきらかにアジア諸国からやってきたと思われる画学生の名がいくつもあった。かれらは日本で絵を学びながら、一九四一年十二月の真珠湾攻撃によってとつぜん火蓋がきられた太平洋戦争によって、祖国に帰るいとまもなく日本兵として出征、戦場のツユと消えたのだった。私は河北画院の重鎮でおられる鉄揚画伯の協力を得て、何としてもその頃の、「日本で絵を学んでいて戦死した」中国人画学生の作品を探し当てることはできないかとも考えていたのである。

しかし、それに対する鉄揚画伯の言葉は、私の甘い願望をうち砕くのにじゅうぶんなものだった。

画伯はとつぜん我が家を訪ねてきた、ちょっと風変りなところのある日本の私設美術館主にむかって

「戦争対日中双方来説都是悲惨的《チャンチョントウィリーチュンシュアンファンライショオドウシベ》（どちらの国にとっても、あの戦争は有能な若者の生命をたくさんうしなった戦争でしたからね）」

と一言いったあと、つぎのようにこたえたのである。

――残念ながら、あなたが期待するような遺作収集のお手伝いは私にはできないと思います。まず、戦時中の中国には日本のような学徒出陣といった制度はなく、戦争に参加した人民はすべて志願兵か、一部の共産党員にかぎられていました。したがって「絵を描くこと」に情熱をもち画家を志していた若者が、自らの意志で戦地に赴くことは考えられず、「戦没画学生」という捉え方も日本固有のものではないでしょうか。ですからあなたの営む「無言館」のような美術館は、万が一にも中国に建てられることはないでしょう。そして何よりも、中国人民にとってあの戦争（盧溝橋事件から上海事変をへて拡大した日本軍による侵略戦争）は、日本人が考えるいじょうに根深い国家間の遺恨の歴史として、現在も個々の人民の心にきざまれている問題なのです。あなたが戦争と芸術を切り離して考え、ご自分の美術館に「同じ芸術を目指していた中国の若者たち」の業績を、同列に扱って展示したいという念願は理解できぬわけではありませんが、まだその作業を私たちの手ですすめる時期に至っていないということだけはたしかです。何しろ、あの悲惨な戦争が終って、まだたった半世紀しか経っていないのですから。

画伯は、二年半前に「記憶のパレット」の製作に携わった張亜麗さんらがいっていた「あの戦争からじゅうぶんな月日が経った」という言葉を、きっぱりと否定されたのである。

いわれてみれば、鉄揚画伯の言葉には説得力があった。というか、それこそが中国人と日本人の「歴史認識」の差であるといわれても仕方ないだろう。そして、もっとげんみつにいえば、現代の中国人の若者と戦争体験者のあいだにも、埋めがたい己が祖国の歴史に対する意識のへだたりがあるのだった。

慰霊碑に戦時中の美校生の「授業風景」を篆刻してくれた十代、二十代の画工たちにとっては、もはや日中戦争や太平洋戦争は「じゅうぶんな月日」のむこうにある過去なのであり、画伯ら幼少年期に日本軍から攻撃をうけた世代にとっては、まだ忘却するには早すぎるつい最近の出来ごとなのだ。そうかんたんに消しゴムで消すことのできない心の傷アトなのである。画伯からみれば、はるばる日本から中国の石家庄までやってきて、「中国の戦没画学生の遺作を飾りたい」なんて相談をもってきた私という「無言館」館主もまた、何となく戦後ボケしたノーテンキな現代日本人にみえたかもしれない。

ただ、鉄揚画伯からきいた話のなかで一番私が心惹かれたのは、鉄揚氏が少年時代に知った「晩霞《ワンシア》」という日本の歌についての思い出だった。

「じつは私は戦後長いあいだ、日本の有名な童謡である夕焼け小焼けという歌を、てっきり軍歌であると信じこんでいたのです。私の生家は安徽省の小さな村落の外れにあったのですが、すぐ近くに日本軍の占領区があって、村人たちは一日じゅう軍の監視下に置かれていました。何しろ当時の日本軍といったら、勝手に家にあがりこんで食糧を奪い、ときとして放火とか強姦とかいった蛮行にまでおよぶ兵隊もいたほどで、私たちにとっては恐怖の対象でしかありませんでした。ところが、きまって夕方になると、その占領区の兵舎からきこえてきたのが夕焼け小焼けの歌、『晩霞』という歌だったのです。晩霞というのは中国語で夕焼けという意味をあらわす言葉で、夕焼けは火焼雲《フラオシャオユイン》と書くときもありますが、一般的には晩霞といいます。私たちには、日本兵たちに対する恐怖心から、その晩霞が忌わしい軍歌のようにきこえてきたのです。戦後しばらくして日本の知人から、それは日本では子供たちが故郷でうたう童謡で、おそらく兵隊たちは夕方になると望郷の思いに駆られてその歌を合唱していたのでしょうときかされて、本当にびっくりしました。戦争というものは本当に怖いものです。子供たちの童謡までも軍歌のようにきこえさせてしまうんですからねぇ」

語っているときの画伯の眼は、心なしか潤んでいたように思う。

美味しい鶏肉料理と紹興酒のもてなしをうけて鉄揚宅を辞すとき、娘の鉄凝さんから手渡された鉄凝さんのエッセイ「小小的晩霞」（解放日報）によると、「晩霞」が日本の秀れた童謡であることを教えてくれたのは、鉄凝さんの作品の多くを邦訳されている福島大学教授池沢実芳夫妻であったとのこと。何年か前、池沢夫妻が石家庄を訪ねてこられた折、池沢夫人のピアノで「夕焼け小焼け」を両家で合唱したときの感激を今も忘れられません、と画伯はいう。

後年、私はこのとき鉄揚画伯からきいた話をヒントに、『石榴《ざくろ》と銃』（二〇〇二年集英社）という小説集を出したのだが、そのラスト・シーンは、朋子という若い宝塚女優（旅行をごいっしょした毬谷友子さんがモデルになっている）が、上海の黄浦江にかかる外白渡橋《ワイバイドーチアオ》（かつてのガーデン・ブリッヂ）の欄干から身をのり出して、「晩霞」をうたう場面で終っている。朋子は、私の分身である主人公の秋月正という美術館主にむかって、「人間にはつらいこと悲しいこと、不都合なことを忘れられる人と、忘れようとしても忘れられない人がいる。秋月さんはあの時代のことを忘れられないで生きている人なんです」と語ったあと、のびやかなタカラヅカ仕込みのハイトーンで「晩霞」をうたいはじめるのである。

「夕焼け小焼けで日が暮れて山のお寺の鐘が鳴る……」は、「晩霞」ではこういう歌詞である。

晩霞漸淡夕陽西下《ワンシアザンタンシーヤンシーシア》
山里寺的鐘声響《シャンリースーミヤオダヅオンションシャン》
大家手拉手回家去《タアジャアショウラーショーホイジャアチュイ》
烏也飛回山去了《ウーヤーイエフエイホイシャンチエリン》
……………

（2020.4.1）

画学生に捧ぐ哀歌――「望郷のバラード」

今の日本のクラシック界でチケットの入手がもっとも困難といわれているソリストの一人で、かつ国際的にも活躍されているヴァイオリニストの天満敦子さんが、毎秋「無言館」でコンサートをひらくようになってからもう二十一年にもなる。「無言館」が開館したのが二十二年前だから、天満さんは開館翌年の一九九八年から毎年演奏して下さっているのである。

きっかけは、一九九七年に当時の「信濃デッサン館」で開催された第十七回「槐多忌」（大正期に夭折した詩人画家村山槐多を偲ぶ集い）にゲストとして天満さんをお招きしたさい、開館まもなかった「無言館」を、同じ催しに参加されていた筑紫哲也さんや永六輔さんらとともに見学してもらったのだが、そのときに何と天満さんのほうから、「ぜひこの美術館で弾かせてほしい」という熱心な要望があったからである。

そのときの気持ちを天満敦子さんはこう語っている。

「壁に掛かっている画学生さんたちの絵を観たとき、何だか無性にこの人たちに自分のヴァイオリンを聴いてほしくなったの。絵の下の説明文を読んだら、みんな亡くなった父と同世代の人たちだった。だから、この人たちに私の音を聴いてもらうことは、あの時代を生きた父に聴いてもらうことと同じ、そう思ったの」

ファンならだれでも知っているように、名器ストラディヴァリウス、ラジューヌ・イザイの遺弓を自在に操り、繊細にして蠱惑《こわく》にみちた名曲を演奏する天満さんは、いっぽうで天衣無縫、奔放磊落な童女のような人柄でも知られる方だけれども、このときに語った「無言館」に寄せる言葉には、防衛庁官吏のキャリアの道をあゆまれたという父上や、画学生たちが共にした「戦争の時代」に対する、ヴァイオリニストという立ち場からの切実なメッセージがあったと感じる。

考えてみれば、美術、音楽という表現領域の違いはあっても、画学生も天満さんも同じ「現・東京藝大」の出身である。ヴァイオリニスト天満敦子は、「無言館」に一歩足を踏み入れたときに、かつて同じ学舎で芸術を志し、希《のぞ》んだわけでもない出征によってその道を閉ざされた大先輩たちに、「今、自分がヴァイオリンを弾けている歓び」を伝えたかったのではないだろうか。もっというなら、「画家への夢を戦争によって絶たれた仲間たち」に対して、「今私たちはこうやって自由に音楽を表現できる世の中に生きているのよ」という報告をしたかったからではないのか。

いうまでもなく「現・藝大」とは、一八八七年に校長事務局長に任命された浜尾新や、稀代の美術行政家岡倉天心を幹事として発足した東京美術学校が、一九四九年国立学校設置法の公布によって、やはり同じ年に発足していた東京音楽学校とともに包括された新制の「東京藝術大学」をさすのだが、天満さん世代（天満さんの実年齢はヒミツ！）にとっては、美術学部は同じ藝大生であってもどこか遠い存在にしか思われなかったのだそうだ。しかし、こうやってあらためて「無言館」に展示されている美校生の遺作の前に立つと、かれらが絵を学んでいた「戦争の時代」が、どれほど残酷にかれらの自己表現の可能性を奪っていたかがわかるということなのだろう。そして、それは同時に、やはり美校と同じ年に創立された「東京音楽学校」に在籍し、あえなく戦地で命を落さなければならなかった幾多の音楽家志望の同志たちの無念を思い起すことでもあったのである。

天満さんの「今私は自由にヴァイオリンが弾けているの」というかれらへの報告は、そんな時代を生きぬいた美校生や、同じように音楽への情熱をもやしていた音校生への鎮魂と労《いたわ》り、かれらの戦死の上に築かれた現在の「表現の自由」に対する感謝の言葉でもあったように思う。

あんまりムツカシイ理屈や哲学はお好きでない天満さんなので、このへんで「無言館」に対する彼女の思いを綴るのはやめにして、まだ来られたことのない人のために、毎秋ひらかれるコンサートの素晴らしさを伝えておこうと思う。

三年前「無言館」で収録されたCD「天満敦子イン無言館」（キングレコード製作）を聴いてもらえばわかるのだが、天満さんが得意とするシャコンヌ、アダージョ、ジュピター、チャルダーシュ、無伴奏ソナタ……聴く者の心をワシ掴みにする楽曲は数多くあるけれども、やはり代表曲といえばルーマニアの亡命作曲家ポルムベスクによる「望郷のバラード」だろう。

もともと「バラーダ」（詩曲）と名づけられていたこの曲は、一八八二年二十九歳で亡くなったチプリアン・ポルムベスクの遺作で、ポルムベスクが当時のオーストリア・ハンガリー帝国の圧政に反抗して捕えられ、獄中で故郷ルーマニアをしのんでつくられたという楽曲である。歴史に翻弄され、悲恋に泣き、胸の病にたおれ夭逝した若き音楽家の、その哀切にみちたメロディは、天満さんが日本で初演するまでほとんど知られていない曲だったという。

少しくわしく解説すると、この曲名を「バラーダ」から邦名「望郷のバラード」に改名したのは、最初にCDをつくったプロデューサー某氏だったのだが、氏は最初この曲の成り立ちをくわしく知らなかったそうで、あとからこの楽曲が単なるジプシー旋律ではなく、ルーマニアの民俗音楽ドイナに源を持つものだということがわかった。ドイナとは「人を恋うる歌」であり、「哀歌」とも訳されていて、ポルトガルのファドにも一脈通じる無拍子、単旋律の嘆き節だった。しかも、それを作曲したのは、ルーマニアの人々にとってはチェコ人のスメタナ、フィンランド人のシベリウスにも匹敵する国民的作曲家ポルムベスクで、彼の名はルーマニア音楽大学の名に冠せられるほど有名だというのだ。つまり、たまたま付けられた「望郷のバラード」なる曲名は、その曲の歴史を知るにつけあまりにぴったりの命名だったというわけである。

じっさい、毎秋「無言館」でひらかれるコンサートで聴く「望郷のバラード」は、何かポルムベスクにとっての故国ルーマニアへの哀歌というより、旅立ちしあらゆる死者が胸に抱いていた、帰ること叶わなかった己が故郷に捧げる哀歌であるように思われる。ひとたび天満敦子のストラディヴァリウスから「バラーダ」が流れだすと、聴く者の心は故郷を喪失した百年前の孤独な亡命作曲家の心とかさなり、静寂につつまれた「無言館」内のあちこちから、啜《すす》り泣きがもれ、ハンカチで顔を覆う者、うつむきながら肩をふるわせる観客の姿が見うけられるのである。まぁ、まだ聴いたことのない読者がおられたら、一どでいいから聴きにいらして下さいというしかない（今年は九月初旬に開催予定！）。

重要なのは、このコンサートでの天満敦子は、壁にならぶ亡き画学生一人一人にむかってヴァイオリンを弾いていることだ。「望郷のバラード」だけではなく、シャコンヌであれ無伴奏ソナタであれ、天満敦子はその日の観客にむかってというより、「無言館」にならぶ絵にむかってストラディヴァリウスを奏でているのだ。一九九八年に初めてひらかれた第一回「無言館」コンサートのとき、天満さんが演奏後に語ったこんな言葉が印象にのこっている。

「私、弾いていてびっくりしちゃった。私は絵の専門家じゃないから、画学生さんたちの作品のことをいう資格はないんだけど、私、自分の音が館内に流れ始めたとき、画学生さんの絵がピクリと動くのがわかったの。本当に画学生さんたちの絵が動いたの。とくに、ヴァイオリンを弾いている私の正面に飾られている『女の人の裸の絵』（註・おそらく昭和十九年勤労動員中に二十九歳で戦死した画学生佐久間修が描いた新妻静子のデッサンと推される）が、私にむかって身体の向きを変えたように感じたの。私、ながいあいだ弾いているけど、こんな経験は初めて。やっぱり、ここで弾かせてもらって本当に良かった……」

そこであらためて考えたのは、当時の「東京音楽学校」在学中に出征した若き音楽家の卵たちのなかには、十指に余るほどの才能ある将来を期待された音楽青年たちがいたということである。すなわち、戦没画学生の遺作のならぶ「無言館」は、かならずしも美術を学ぶ若者だけを追慕する施設ではなく、同じ日中戦争、太平洋戦争によって断ち切られた戦没音楽生の夢や志をも私たちに喚起させる施設でもあるということだった。

たとえば――二〇一七年七月三十日に東京藝術大学音楽堂でひらかれたトークイン・コンサート「戦没学生のメッセージ」（東京藝術大学演奏藝術センター制作）で取り上げられた音楽生は、つぎの四名だった。

葛原《かずはら》守――一九二二（大正十一）年十月東京生まれ。東京府立第五中学校（現・都立小石川中等教育学校）で声楽を学んだあと、ピアニストを目指し一九四〇（昭和十五）年東京音楽学校予科に入学、翌年本科器楽部にすすんでピアノを専攻した。同期生に愛唱歌「夏の思い出」や「サルビア」などで知られる中田喜直がおり、作曲の好きな二人は同作曲部の草川宏とともに日々作曲の勉強にうちこんだ、しかし、音校を卒業した翌一九四四年に応召、広島の部隊に入隊後、フィリピンに出征して罹病、一九四五年一月台北陸軍病院に入院するのだが、細菌性赤痢により同年四月十二日に戦病死する。享年二十三。遺曲に歌曲「かなしひものよ」、オーボエ独奏曲「無題」がある。

鬼頭恭一―一九二二（大正十一）年六月愛知県の酒問屋に生まれ、一九四一（昭和十六）年九月に東京音楽学校選科に入学、作曲を細川碧、ピアノを水谷達夫、声楽を橋本秀次に師事、翌年本科作曲部にすすみ、日々作曲に精進する学業生活をすごすが、それまで学生にあたえられていた兵役免除特権が一九四三年十月に撤廃されて出征、鬼頭は自ら海軍を志望し、十二月十日大竹海兵団に入団、その後三重海軍航空隊、築城海軍航空隊、そして山形県神町航空隊において「突っ込み（特攻）」の訓練をうけ、霞ヶ浦海軍航空隊へ入隊、一九四五（昭和二十）年七月二十九日、日本初の液体燃料ロケット戦闘機で飛行訓練中、搭乗機が掩体壕《えんたいごう》に衝突し殉職する。享年二十三。遺曲に「鎮魂歌」、（無題）アルグレットハ長調、歌曲「雨」がある。

草川宏―一九二一（大正十）年十月東京生まれ、一九四〇（昭和十五）年、東京音楽学校に入学、

信時潔、下總皖一、橋本國彦、H・フェルマーらに学び、一九四三（昭和十八）年九月の卒業記念演奏会では、卒業作品「奏鳴曲イ長調」が、草川の四年先輩でのちに桐朋学園教授となる大島正泰により演奏された。しかし、一九四四（昭和十九）年六月一日召集令状がとどき、同月十五日世田谷東部第十二部隊に入隊、十月三十日に広島から南方に向い、翌年六月二日、フィリピン・ルソン島バギオの五十キロ北のボントック街道での戦闘に巻きこまれ戦死する。享年二十四。遺曲に「級歌」、歌曲「黄昏《たそがれ》」、歌曲「浦島」がある。

村野弘二―一九二三（大正十二）年兵庫県生まれ、中学三年頃から作曲を独学、東京音楽学校甲種師範科を卒業後、甲南高等学校や旧制芦屋中学校で音楽を担当していたソプラノ歌手小島幸に師事する。島崎藤村作詞による「小兎のうた」、詩曲「秋はむなしうして」などは音校入学前の作品で、それらの自作を多数SPレコードに録音したが、一九四三（昭和十八）年十二月京都伏見の陸軍通信隊に入隊、翌四四年五月から九月まで神奈川県相模大野陸軍通信学校で通信兵の訓練をうけ、十月下旬に門司より出航、十一月ルソン島マニラに上陸し、食糧不足により衰弱した身体で、米軍の攻撃や現地ゲリラの襲撃から辛うじて逃げのびるのだが、終戦を知らぬまま八月二十一日未明、自らに銃口をむけて自決した。享年二十二。遺曲に歌曲「重たげの夢」、オペラ「白狐《びゃっこ》」より第二幕第三場「こるはの独唱」がある。

東京藝術大学音楽堂で行なわれたトークインコンサートでの、この四名の遺曲の演奏は、クラシック専門のレーベルであるディスク・クラシカ・ジャパンによってCD「戦没学生のメッセージ・戦争に散った若き音楽学徒たち」となって世に出されたのだが、そのなかにコンサートの実現に奔走した東京藝術大学演奏藝術センター教授の大石泰氏が、「彼らの作品を演奏することの意義」と題したつぎのような小文を寄せられている。そこには「無言館」の名もでてくるので、一部を紹介しておきたい。

日本が、イギリス、アメリカ等の連合国を相手に戦った太平洋戦争（大東亜戦争）では、兵士ばかりでなく多くの民間人も犠牲となりました。その中には学業半ばで徴兵され、心ならずも命を落とすことになってしまった学生たちがいました。いわゆる学徒出陣です。一説によると学徒出陣による出征者は十三万人を超えるともいわれていますが、戦時中の資料は失われてしまったものも多く、その正確な数字は不明です。

（略）

美術部の戦没画学生については、彼らの作品を蒐集し展示する戦没画学生慰霊美術館「無言館」がありますが、こと音楽学生については調査が立ち遅れていました。その理由は、音楽が再現芸術であるという音楽独特の特性に由来します。

戦没学生の遺した譜面は、作品である以前に遺品です。多くの資料が空襲で燃えてしまった中、ご遺族の皆さまが譜面を大切に保存されていたからこそ、今回の演奏会につながりました。彼らの譜面を美術作品のように展示しても、それだけではその音楽を鑑賞したことにならないのは自明のことです。戦没学生の音楽作品を演奏することの意義は、まさにそこに尽きます。

（略）

そんな譜面を「わざわざ演奏する必要があるのか」と思われる方もいるでしょう。確かにそれも一理ありますが、断片やスケッチも含めて彼らが遺した譜面は、その学生が生きていた証しです。戦後七十年が経過し、戦没学生の存在が記録からも記憶からも消えてしまわない状況の中、芸術的価値とは別の視点で、彼らの作品を演奏していくことは重要だと考えています。

読んでわかるのは、「美術」と「音楽」との決定的な表現方法の相違だろう。

大石氏のいう通り、同じ戦地で命を失なった表現者の遺作であっても、音楽家がのこしたものは五線紙に書かれた「楽譜」でしかない。画学生がのこした直接表現である「絵画」とはちがい、かれらが生んだ創作は再現芸術であって、一つの「楽曲」として聴く者の心に届くためには、編曲者、演奏者、指揮者ら多くの人々の、さらなる音楽表現の手をへなければならない。

宣伝めいて恐縮だが、私はここに挙げられた葛原守、鬼頭恭一、草川宏、村野弘二のほかにもう一人、「尾崎宗吉」という戦没音楽生についての本を出している。

尾崎宗吉もまた、一九一五（大正四）年に静岡県浜名郡舞阪町弁天島に生まれた音楽青年で、県立浜松第一中学時代から作曲の才能を開花させ、三四（昭和九）年東洋音楽学校のピアノ科に入学して、作曲家諸井三郎に学び、在学中に「小弦楽四重奏曲」を作曲し一躍脚光をあびた。しかし、日本現代作曲家連盟に入会し、楽団「プロメテ」の同人になった頃、召集をうけて津田鉄道連隊に入隊、一どは兵役解除になったものの四三（同十八）年に再応召、中支に出征する直前に、遺曲となったチェロとピアノの名曲「夜の歌」を作曲し、四五（昭和二十）年五月十五日に三十歳で戦病死するのである。その尾崎宗吉の生涯を辿った私の本は『夜の歌―知られざる戦没作曲家・尾崎宗吉を追って』（二〇一二年、清流出版）。

私はその本のあとがきに、こんな一文を綴っている。

もとより、音楽は、絵や彫刻とはちがって、「時間」のなかにのみきざまれる、ある意味では儚《はかな》い自己表現の営みである。ピアノの音も、チェロの音も、それが奏でられる「時間」のなかにだけ存在するもので、絵や彫刻のように、作者の手を離れたのちに「形体」としてそこにのこされるものではない。もしのこされるとすれば、それは聴く者の心に澱《おり》のようにたまった消えない音のひびきが、やがて聴く者自身の人生や記憶を喚起させ、よみがえらせ、いわば作者の魂の残響とでもいうべき新たな旋律となって、心のおくに「再現」されたときを示すのだろう。

しかし、人間の創造するものは、それが絵であれ音楽であれ文学であれ、人間をとりかこんだ時代や社会から、けっして自立するものではないというのが、私の考えである。自己表現に託された哀しみや歓びは、その時代がもつ哀しみや歓びであり、私たちがたどった動かしがたい歴史の痕跡は、その時代をあゆんだ人間の人生そのものと重なる。尾崎の「夜の歌」を、あの時代だからこそ書いたという人がいるけれども、あの時代を生きた尾崎宗吉だからこそ書けた曲なのだ、と主張したいのである。

天満敦子さんの「望郷のバラード」が「無言館」内にながれるたびに思うことも同じである。この魅惑の「バラーダ」を生んだ亡命作曲家チプリアン・ポルムベスクも、あの時代を生きたからこそ書けたともいえるが、やはりそれはあの時代（運命）を生きたポルムベスクだからこそのこせた楽曲なのである。その一片の「楽譜」が多くの偶然と必然をへて、天満敦子という稀有なるヴァイオリニストの手に渡ったという奇跡が、その曲の命を今によみがえらせているのである。

（2020.5.1）

第2章　雨よ降れ　その1　老いざかり

（2020.3～2020.11）

和子の像
太田章（1944年満州で戦病死／享年23）

「無常といふ事」

批評の神様といわれた小林秀雄の名著「無常といふ事」に、「死んでしまった人間といふものは大したものだ。何故ああはっきりとしっかりとして来るんだらう。まさに人間の形をしてゐるよ。してみると、生きてゐる人間とは、人間になりつつある一種の動物かな」という言葉が出てくる。人間は死んでしまって初めて一人前の人間になるのであって、生きているうちの人間は、まだ人間の形もしていない半人前の生きモノではないか、という意である。

このあいだ、宗教学者の山折哲雄さんと雑誌で対談したときにも、その「無常」の話が出た。

「いま日本人に一番欠けているのは無常感ですね。無常というものを悟らないから、自然や歴史に対しても謙虚になれず傲慢になるいっぽうです」

山折さんの話をきいて考えたのは、次のようなことだ。

たとえ百歳まで生きても、三十五億年の人類の生命史のなかにあっては一瞬の火花であって、人間の生命は永遠のものではない。そんな流れ星のように短い一生を生きる人間が、他国の領土を核やミサイルで侵略したり、経済発展のために自然を破壊したり、海洋汚染や温暖化に拍車をかけ、果ては宇宙まで征服しようと考えることの浅はかさ。科学や医学においても、もっと人間は「身の程」をわきまえなければならないのではないか。

だからといって、あくなき人間の欲望である研究心や利便性追求の営みはそう簡単に止《とど》まるものではなかろう。証拠に、我々はすぐそこにA

Iに支配される世界をむかえ、あと一どの原発事故で国土のすべてを失なう危機をむかえながら、今もなお「発展」や「成長」という病から脱することができないでいるのだ。バカは死ななきゃ直らないという浪曲のセリフがあるけれど、小林秀雄のいう通り、我々は死に至るまで半人前の動物なのである。

「要するに、自分はまだ人間の形にはなっていないという自覚が必要なんでしょうね」

私が山折さんにそんな中途半端な答えしかできなかったのは、私本人が「発展」と「成長」に促われて生きてきた無常感なき戦後日本人の典型だったからなのだろう。

「無常といふ事」はこうつづく。

> 歴史には死人だけしか現れて来ない。従って退《の》っ引きならぬ人間の相しか現れぬし、動じない美しい形しか現れぬ。（略）記憶するだけではいけないのだろう。思ひ出さなくてはいけないのだらう。多くの歴史家が、一種の動物に止まるのは、頭を記憶で一杯にしてゐるので、心を虚しくして思ひ出す事が出来ないからではあるまいか。

なるほど、一ど頭の中をカラッポにしなきゃダメなんだな、と思う。

読書離れの現代では、小林秀雄の名を知らぬ人も多くいるそうだが、気づいてみれば、若い頃私ら世代が夢中で読みふけった「ゴッホの手紙」や「本居宣長」で知られる名批評家も、一九八三年八十一歳で亡くなった偉大なる「死者」の一人だった。

「粗餐」の喜び

相変らずテレビをひねると、「大食い」「グルメ」「レシピ」番組のオンパレード、どこそこの店はこんなフレンチを出しているとか、どこそこのお寿司は星がいくつだとかいった話題で持ち切りだが、私ら戦中世代は何となくそんな風潮についてゆけない。

私が育った終戦直後の東京近郊は、どこの家も食糧難でロクに食べ物がなかった。親子三人のわが家でも、焼き海苔一枚、ナマ卵一つが大御馳走の時代だった。今でもそんな体験が身体にしみこんでいて、卵かけごはんが大好きだし、タクアン二切あれば弁当をペロリと平らげるのが私ら戦中派なのである。

八年ほど前だったか、私はそんな思い出をまとめた「粗餐礼讃」(二〇一二年芸術新聞社)という本を出したが、その冒頭に「無言館」に収蔵されている戦後画学生小柏太郎の手記を紹介した。小柏は一九四二年東京美術学校(現・東京芸大)を繰り上げ卒業して応召、四五年フィリピン・クラーク地区で二十六歳で戦死した画学生だが、戦地に携帯していった小さな手帖に書きとめられていたのは、戦場で思いうかべた「食べ物」の一覧だった。その一部をうつしてみると——。

ゾーニ　ボタモチ　テンプラ　ウナギ　支那料理　サンマ　アベ川　キントン　ツケ焼ドーナツ　スキ焼　洋カン　ホットケーキ　親子丼玉子焼　干柿　赤飯　五月飴　シルコ　コー茶ノリツケ焼モチ　パン類　コーヒー　カレー　スープ(コ果物類　アンコロモチ

ンソメ）　カツ（牛・豚）　天プラソバ　菓子類　センベイ類　飴　フライ　寿司　ウドン　アップルパイ　焼イモ

――もっと続くのだが、小柏はこんなふうに計六十五種の「食べ物」を、几帳面な鉛筆文字で列記しているのである。あれほど芸術に身を焦がしていた小柏が、今わのきわにのこした手帖にはそうした勉強のことには一言もふれず、ただただ飢餓と空腹のなかで脳裡にうかんだ数々の「食べ物」の名を書いていることに、私は心がふるえる。

おそらく、このメモの「食べ物」のすべてが小柏の好物であったということではないだろう。当時としてはなかなか庶民の口に入らなかった高級食材の名も入っているから、ここには小柏が一ども食べたことのない憧れの「食べ物」もふくまれていたと思われる。また、こうした「食べ物」の名をメモする行為じたいが、極限状態に置かれた一学徒兵のひそかな喜びであり、絶望と死にむかって行軍する自らを慰める唯一の手だてだったのではないかとも推測する。

それにしても、食品ロスだの過食症だのが問題となる現在の「飽食日本」をみたら、戦地に散った若者たちはどんな感想をもつやら。ホカホカ飯《めし》に卵一つ落して頬張る幸せをかみしめながら、私ら「粗餐」組は「一汁一菜の膳に感謝を忘れなかったあの時代」を懐かしむことしきりである。

因みに、かの大戦で命を落した兵士の死因の大半は、銃弾や砲弾によるものではなく、軍部から満足に食料や武器を与えられずに行軍したすえの飢餓死だった。

「正義」のゆくえ

世の中はコロナウイルスで大変な騒ぎだが、マスクやトイレットペーパーを買うのに列ができたり、ネットオークションで衛生用品が高値で取り引きされているなんて話をきくと、相変らずわが日本人は「付和雷同」民族というか、「噂」や「風評」に惑わされやすい国民なんだなということに気づかされる。関東大震災のとき、横浜の朝鮮人が暴動を起したというデマがとんで、たくさんの無辜の朝鮮人が殺されたり、戦時中には、銀行がつぶれるとかいった大臣の失言飛語がモトになって、大規模な取り付け騒ぎが起ったりして、そのたびに右往左往していた頃の世相が思い出される。

亡くなった作家の城山三郎さんはよく、「群れるな」「個であれ」という言葉を使われていたが、本当にそう思う。何かにつけて私たちには「群れたがる」傾向がある。他の人の意見に賛同したり共感したりするのはけっこうだが、それ以外の意見には耳を貸そうとせず、とにかく自分が正しいと思った考えにしか関心を示さなくなってしまう。昔からの有名標語に「みんなで渡れば恐くない」というのがあるけれど、たとえ間違った考えであっても、世間の人がみんなそう思っているのなら、自分もそっちに従っていれば間違いないだろうといった、「自分で考えることをしない」人々がふえている気がするのである。

つい最近、「ルネサンスの女たち」などの作品で知られるフィレンツェ在住の作家塩野七生さんが、高校生と対話しているテレビ番組をみていたら、塩野さんが「私がキライなのは、自分が正しいと思いこんでいる人」と語っていたのが印象的だった。塩野さんはいう。「人生に正義とか正解など無い。その正義や正解をさがすために生きるのが人生なのですから」。その通りだと思った。私の「無言館」のチケットの裏面にも同趣旨の文言が書かれてある。「美術館に美しいものがあるのではない。あなたが美しいものをさがす場所が美術館なのだ」(これは塩野先生のパクリではなく、筆者自身が書いた文章です。念のため)。

考えてみれば、戦争が起るのも「正義」と「正義」のぶつかり合いからだ。ある民族にとっての「正義」が、相手の「正義」を全否定するところから戦争が始まる。自国の主義主張を押し通すために、互いの領土を侵略し合い、互いの罪なき国民を殺し合うのが「戦争」なのである。

歴史をふりかえるがいい。

時代や社会の変化によって、そのときは「正義」と思われていたことが、「不正義」に変わる例はいくらでもある。時の為政者たちは、こぞって「国益第一」を口にするけれども、何が真の「国益」になるかなんてわからない。そのときはそれが「正解」だと思っていても、実は「不正解」だったということのくりかえしが人間の歴史なのである。

十の国があれば十の「正義」がある。それぞれの国が相手の思想、信条を尊重し合い、お互いの主張を譲り合えば、戦争など起らないし、テロや紛争の頻発する社会も生まれない気がする。ことによると、今回のコロナウイルスの襲来は、私たちが「国益第一」から、地球人すべてが団結する「人類益第一」に転向するいい機会なのかもしれない。

「疑う」という悲しみ

どういう訳か、私は生まれつき「疑り深い」子に育った。人の言葉を素直に受けとらず、「きっとその言葉のウラには何かあるんじゃないか」と疑うイヤな性分は、七十八歳の老人になった今も変わっていない。

「人を疑う」ほど悲しいことはない。

その最大の罪は、どんなに相手が自分を愛してくれていても、心のどこかでその善意を裏切って相手を傷つけてしまうことだ。心の底から、自分を心配してくれる数知れぬ友人や知己に対して、私は感謝するどころか、「本当は自分を嫌いなのではないか」と疑っているのである。こんなに罪深い、悲しいことがあっていいいものか。

たとえば私は、だれかの家に招かれてご馳走になり楽しく談笑したあと、その家から出て帰るときは必ず耳をふさいで走るクセがある。その家の人がカチャリと玄関のカギをかける音を聴くのが怖いからである。「自分は本当は歓迎されていない客だったのではないか」。さっきまでの楽しさを忘れ、私は頭のなかを疑心暗鬼でいっぱいにして夜道を走るのだ。

時々、そんな自分の歪んだ性格が、仕事上でもずいぶんマイナスになっているのではないかと考えることがある。どんなに一生懸命自分の仕事を手伝い、手助けしてくれても、当の私がその尽力に心から感謝していなければ、互いに信頼関係など築けるはずはないからである。

近頃の政治と国民の関係にも同じような現象がある気がする。いくら今の為政者たちが「国民を愛し守ろうとしている」なんて言ったたって、そう簡単に信じる訳にはゆかない。不都合なことには口をつぐみ、真実を隠し、選挙民ウケする大言壮語ばかり口にし、つねに自己保身に精を出している政治家が何をいっても、国民は「きっと何かウラがあるにちがいない」と疑ってしまうのだ。

今回の新型コロナ禍でもそう。感染拡大を防ぐために国民が協力するのは当然だが、低所得層への手当てにしても、客商売への自粛要請にしても、何十兆円も用意したといいながら、手続きの煩雑さや条件をみるかぎり、国が本気で「国民を救おう」としているとは到底思えない。今や感染者急増による「医療崩壊」が現実味をおびている日々だけれど、果たしてとっくに「政治崩壊」をきたしている国会議員たちに、この窮状を克服する力があるのだろうかと疑っている国民も多いにちがいない。

戦時中の「大本営」発表もウソばっかりだった。軍部は自らのメンツにこだわり国民には「連戦連勝」をうたい、勝ち目のない無謀な作戦にたくさんの自国兵を送りこんだ。ロクに初期検査もせずに発表される感染者数や、中途半端な数のマスク配りや、いつコロナが終息するかもわからぬうちに決められたオリンピックの一年後の開催など、そこには何となく、政権の思惑や利権が絡んでいるような気がしてならない。だいたい、この期におよんでも、終息後の経済がV字回復するとうそぶく政府の神経がわからない。

私の「疑り深い」性分は、ますますひどくなるばかりなのである。

「絶望」と「希望」

ＮＨＫのラジオ深夜便の「絶望名言」という番組のファンである。頭木《かしらぎ》弘樹さん（文学紹介者という肩書きがステキ）が、過去の偉人や文学者が「絶望」について書いたり語ったりした言葉のなかから、今絶望的な困難にぶつかっている人々に、元気や勇気をあたえてくれる言葉を紹介する番組で、夜更かし族の私は月一回のその放送を心待ちにしている。

頭木さんは若い頃、命にかかわる大病を経験された方で、そのときに「絶望」を克服するのには、明るい希望の言葉よりも絶望を語った言葉のほうが必要であることに気付いたのだという。

たとえばドストエフスキーの「人生には悩みごとや苦しみごとは山ほどあるが、その報いというものは甚だ少ない」だとか、カフカの「ぼくは人生に必要な能力を、何一つ備えておらず、ただ人間的な弱みしか持っていない」だとか、ゲーテの「絶望することができない者は、生きるに値しない」だとか、芥川龍之介の「どうせ生きているからには、苦しいのは当り前だと思え」だとか……そんな身もフタもない絶望ワードが、病気の孤独や恐怖から頭木さんを救ってくれたというのだ。

私も「希望」よりも「絶望」という言葉のほうに励まされる人間の一人である。「絶望」とは「希望がない」「二どと立ち上がれない」ということではない。人間はまず「絶望」を知ることによって、初めて「希望」にむかって歩きはじめることができる。逆にいえば、「絶望」を知らなければ「希望」を得ることはできないのである。

だが、多くの人間は「絶望」を認めたがらない。というか、「絶望」などという言葉をひと言でも発したら負け、とでも思っているようだ。

今や全世界をゆるがしている新型コロナについてもそうで、発表される感染者数を少なめにコントロールしたり、ごく最近まで「まだ緊急事態発生には至っていない」と言い張ったり、膨大な赤字国債をかかえながら、「収束後には五輪を開催し経済をV字回復させる」なんて呑気なことを言いつづけている政治家。なぜ、「今人類は絶望的危機にある」と言えないのか。「人間なんて弱いモノ、私たちは自分たちの弱さを自覚した上で、一致団結してウイルスに立ち向わねばならない」と言えないのか。

人間の一生は必ずしも「希望」にみちているわけではない。有名アスリートが母校の後輩たちに、「夢をもちつづければ必ず叶《かな》う」と激励している姿をよくみるが、「夢が叶う人」はごく何パーセントかの、才能と実力と運に恵まれた人で、大半の人は「夢の叶わない」人生を生きるのである。本当の「希望」とは、「夢が叶うこと」なのではなく、「たとえ実現しなくてもその夢にむかって努力すること」なのだと思う。「努力すること」じたいが、人間の「希望」なのだと思う。

これまでの「絶望名言」のなかで、最も名言中の名言だと思ったのは、シェークスピアの「リア王」に出てくる「『どん底まで落ちた』と言えるうちは、まだ本当にどん底ではない」だ。それともう一つ、同じシェークスピアの「マクベス」に出てくる「明けない夜もある」というのもいい。

老いざかり

親交ある実業家のＯ氏からいただいた今年の賀状に「老いざかり」という言葉があった。御年九十一歳になられたＯ氏は、「老いざかりという言葉には老いというものをポジティブに捉えた響きがあっていい」と仰られているが、同感である。

もともとこの言葉は、小高賢著「老いの歌」のなかで紹介されている築地正子さんの歌「のび盛り生意気盛り花盛り老いざかりとも言はせたきもの」に出てくる言葉だそうなのだが、たしかに「のび盛り」「花盛り」があるんだから「老いざかり」があったってふしぎはないだろう。ついでにいえば、「男盛り」もあるし「女盛り」もある。「男」も「女」も、やがては「老いざかり」をむかえて散るのが理想の人生だと思う。

一昨年三月に閉館した「信濃デッサン館」（来春リニューアルオープンする長野県信濃美術館にコレクションを譲渡した）が、このたび「KAITA EPITAPH 残照館」と名をかえて再オープンするという記事をみた同年配の友人から「ようやるなあ、老いて益々だね」という激励とも嫌味ともつかぬ電話をもらったが、さしづめ友の眼からみたら、一ど放り出した美術館を八十歳近くになって再び開館させようとしている私の姿は、まさしく「老いざかり」の見本のようにみえたのかもしれない。

たしかに四十年近く営んできた己が分身ともいえる美術館を一大決心して閉館、所蔵品の大半を県に手放した私が、僅か二年経つか経たぬかのうちに、残りもののコレクションをならべて再開させようというのだから、これほど往生際の悪い未練がましい男はいないだろう。何しろ四年前にクモ膜下出血でたおれ、一昨年はがんを手術、まだ転移検査も済んでいないうちの再起宣言である。がんがどこかに再発していれば、ハイ、ソレマデヨなのだ。

ただ、今回の「残照館」(KAITA EPITAPHは私が半生を賭して愛した大正期の夭折画家村山槐多《かいた》の「墓碑名」を意味している)の開館は、文字通り日没寸前にさしかかった道をあるく私の、いわば人生の「あとがき」のような仕事であることをわかってほしい。私は自分のコレクションを県にひき取ってもらい、今後その作品群を公の手によって「信濃デッサン館」の名とともに永久保存してもらえるという無上の幸福をあたえられながら、それでもなお半身をもがれたような喪失感と孤独におそわれていた。美術館を閉じ、コレクションを失ったこの二年間は、「自分は何のために生きているのだろう」といった廃人のような生活だった。「残照館」を開こうと思い立ったのは、そんな私にとって、これが今の自分にできる唯一無二の「終活」の方法ではないかと考えたからなのである。

体調面を考え、六月六日にオープンする「残照館」は土、日、月の週三日だけの開館だが、私自身が受付にすわる予定でいる。四十年前、館を建設したときに東や西に散逸させた何点かの逸品を買いもどし、以前とは一味ちがった美術館になったという自負もある。「老いざかり」ならぬ、「絵狂い」「老い狂い」の七十八歳の顔を見にきてもらえれば幸せである。

「未体験」という体験

亡くなった筑紫哲也さんはよく、「どうも同窓会とかクラス会とかが苦手でねぇ、とにかくみんな病気の話ばっかりしてるんだから」と仰《おっしゃ》っておられたが、そのダンディな筑紫さんでさえご自身ががんを患ってからは、人と会うと「がんの話」ばかりされていたという。

　私もそうで、四年半前にクモ膜下出血でたおれ、一昨年はがんの手術、昨年は間質性肺炎で入院と、たてつづけに大病に見舞われるまでは、人から「病気」の話をされてもどこか他人事で、病に苦しむ人に対して同情したり慰めたりすることはできても、同じ苦しみをわがことのように共有することはできなかった。ところが、自分がいざその病に罹ってみると、初めてその人の辛さがわかり、心から「大丈夫ですよ」とか「がんばってくださいね」という励ましの言葉を口にできるようになったのである。要するに、人間、自分が同じ病苦を味わってみて、初めて相手の傷みや辛さに寄り添う気持ちが生まれるのであり、自分が同じ経験をするまでは相手の身になんて半分もなれないのである。

　病気だけではない。大切な伴侶や肉親を喪《な》くした人の悲しみに対してもそうだ。自分が同じ体験をしてみて、初めて愛する者に旅立たれた人の孤独や悲哀を理解することができる。人知れず親の介護や世話で苦労している人に対してだって、自分自身が同じ状況に置かれた経験をもっていない人は、せいぜい「大変ですね」くらいのことしか言えないのだが、実際に同じような苦労を経験した人は、「何かできることがあったら言ってくださいね」とか、本当にその人の生活に寄り添おうとする気持ちになれるのである。

「戦争」の体験も同じではないかと思うことがある。

私は太平洋戦争開戦の三週間ほど前に生まれた男だから、終戦の昭和二十年八月は四歳だった。だから、年齢的には「戦前派」「戦中派」にあたるのだが、戦争中は赤ン坊だったわけだから、「戦争」で苦労した記憶なんてこれっぽっちもない。戦後の食糧難や貧乏生活は経験していても、実際に戦場に行ったわけではないし、空襲の火の粉から必死に私を守ってくれた両親のおかげで、高校まで出してもらい、八十路近くなるまでこうして幸福な人生を歩ませてもらえたのである。私が「無言館」を経営していて、時々「こんな仕事をする資格が自分にあるのだろうか」という思いにおそわれるのも、そんなふうに私自身が、本当の意味での「戦争」の怖《こわ》さや不条理さを経験していないからなのだろう。

だが、そんな私に「未体験」もまた大切な「体験」の一つなのだと教えてくれたのは、がんで東京J大病院に入院していたとき、私のトイレの世話をしてくれた、まだ三十代そこそこの女性看護師さんの一言だった。私がトイレを終えて立ち上り「ありがとう」と礼をのべたとき、その看護師さんがこう言ったのだ。「私、幼い頃両親を失なっているんで、こうやってお爺ちゃんのお世話をするのが幸せなんです。このお仕事は、私の天職なんです」。

「お爺ちゃん」にはカチンときたが、私の眼には涙があふれた。

石を投げる

最近、自粛警察とかマスク警察とかいった耳慣れない「警察」の名前をきくようになった。ちょっと前までは「パチンコ警察」なんていうのも話題になっていた。コロナ禍にあって、民間人同士で「自粛していない奴」、「マスクをしていない奴」、「パチンコをやっている奴」を探し出し、そういう不心得者を世間からつまみ出そうとする「個人警察」が生まれているのである。

私は生まれてこのかた一ども「パチンコ」をやったことがないし、今後もおそらくやることはないと思うのだが（よくあんなジャラジャラ大音響のする場所に坐っていられるものだといつも感心しているのだが）、かといって「パチンコをしたい」と思っている人を断罪しようなどという気持ちはない。愛好者にとっては、あの「ジャラジャラ」はたまらない魅力なのだろうし、「パチンコのない世の中」なんて生きてゆく気がしない人だっているにちがいない。ただ、このコロナ苦の時代、せいぜい店側も客側も万全の感染対策を怠らないでと願うばかりなのである。

じつは私も自粛がおおいに苦手で、何かと理由をつけては外出（出張）をしているし、適当に飲みにも出かけているので（但し一人飲み、ディスタンス万全の空《す》いている店ばかり）、自粛警察の皆さんに見つかるんじゃないかと毎回ビクビクしているのだが、逆からいうと、あの「自粛警察」のほうがもう少し自粛してくれればいいと思っているくらいなのである。

戦争中にも同じような光景があちこちにあっ

た。信じられぬ話だが、あの頃美校生や音楽生は「非国民」とよばれ、夜おそく部屋の灯をつけてデッサンを勉強していようものなら、窓にむかって石を投げられたという。一億総動員の非常時に、呑気に絵を描いたりピアノを弾いたりしている者は「国賊」に値すると考える愛国者が眼を光らせていたのである。分断、誹謗、差別、人は人を否定することで安心を得ようとする悲しい生きモノなのかもしれない。

石を投げる、で思い出したが、つい先頃どこかの信用金庫の職員さんがコロナに感染したら、何とその支店の窓が石で割られたという事件があった。別にコロナに感染したって犯罪じゃないし、石を投げたほうだっていつ自分が感染するかわからないのである。感染した人に対して「お気の毒に」と同情しても、「石を投げてやろう」という気になんてなれないのがふつうではないか。

私は先日、心臓弁膜症の手術にそなえて二どほどPCR検査をしてもらい、二どとも「陰性」の診断をうけたばかりだが、これだって明日だれかからうつされれば「陽性」になるわけだから安心はできない。私は心不全、不整脈、がん、肺炎をもつ基礎疾患オンパレードのハイリスク老人なので、マスク無しの相手とツバをとばして激論したり、「陽性」の美女と口づけを交わしたりしようものなら、たちまちあの世ゆきの重症者予備軍なのである。

でも、私はマスク無しの相手にも「陽性」の美女にも、石を投げることはないだろうな。だってこの場合、石を投げられるのは自分のほうなんだから。

「非接触」の時代

今や「非接触」の時代である。
新型コロナ感染拡大防止のため、マスクを着用し、会話は控えめ、ソーシャルディスタンスとかで、隣人との距離は二メートルを保て、というお達しである。いわゆる「三密」を避けるため、居酒屋でワイワイガヤガヤやるのも禁止、カップルが肩寄せあって囁き合うのもNG。それでなくともSNSやオンラインの普及によって、人と人との絆が薄れゆくいっぽうの世の中なのに、放っておけば一日じゅうだれとも言葉を交わさないという時代がやってきているのである。

もっとも、世の中はコロナ以前から、人と人との接触をどんどん減らそうという傾向にあった。ホテルのフロントにタッチパネルが置かれ、すぐそこに退屈そうな従業員さんがいるというのに、客は無機質な液晶画面をつっついてチェックインの記入を済ます。銀行窓口の無人化はもちろん、最近では、客席までロボットが料理を運ぶレストランが登場しているそうだし、受付にいる案内嬢をよくよく見たらロボットだったという大手商社もあるという。とにかく、世の中は人間と人間が「非接触」のまま仕事を完了させるために、あれやこれや知恵をしぼっているのである。

その「非接触」の究極が「戦争」である。これから起る戦争は、人と人とが爆弾や武器を持って戦うのではなく、ロボットとロボットが戦うのだという。しかもその戦争の展開や作戦を考えるのはAI（人工頭脳）だというのだから恐れ入る。人が人を殺すのは残酷だが、それをＡＩが指令するのなら残酷ではないということなのか。ＡＩといえば、天才棋聖藤井聡太さんの練習相手だそうだが、人工頭脳が戦争相手のウラをかいたり、あるいはウラをかかれたりする詰め将棋のような殺りく戦を想像するだけでもゾッとする。

　そういえば、我々物書きの世界も、ここ十何年かでずいぶん「本づくり」の様子が変った。以前なら、著者の信頼する編集者や装丁家やブックデザイナーのあいだで何ども議論を交わし、出版する本の内容についてもケンケンガクガク、ようやくのこと刊行にこぎつけるのが常だったが、今ではそんな光景はめったにみられない。だいたい書き上げた原稿を送るのもメールかファックスだし、先方の会社がどこにあるのかも知らないまま、下手をすると編集者や装丁家と一ども顔を合わせないで本が出てしまうことがある。いってみれば、父親や母親がだれかもわからない、「試験管ベイビー」みたいな本が書店にならぶのである。こんな味気ないことったらありゃしない。

　ほんらい人間とは、価値観の違う者同士が手をつなぎ、語り合い、互いを理解し合いながら成長する生き物である。今の「非接触」時代がつづけば、人間はそれぞれの巣箱から一歩も外へ出ない鳥となる。他人への思いやりや、人の苦しみや悲しみを想像することのできない狭量な一羽の鳥となる。

　年間の自殺者数二万数千。コロナの犠牲者よりはるかに多いこの国の「非接触」死をこれ以上ふやしていいのか。一どＡＩさんにでも相談してみたほうがいい。

「余生」と「与生」

「余命いくばくもない」だとか「余命宣告」だとか、とかく「余命」という言葉にはネガティヴなイメージがつきまとう。「余生」という言葉も同じで、何となく「残り少なくなった人生」とか、「現役を退いたあとの余った時間」とかいったニュアンスがあって、あまり私たち高齢者には評判がよろしくない。

だいたい、人間の一生に「余った時間」などというものはないのであり、生まれてから死ぬまでを「一生」とよぶのだ。この世に生を受けた瞬間から息をひきとる瞬間までが、その人に与えられた「一生」であり「人生」なのである。

思わず「与えられた」という言葉を使ったが、「余生」という言葉があるなら「与生」という言葉があっていいのではないかと思う。人間の人生は、もともと「だれかから与えられた人生」なのであり、自分で勝手にこの世に誕生し、自分一人の力で生きてきたような気になっているが、それは大間違い。生きている者の命は、生きたくても生きれなかった死者たちから「与えられた命」であることを忘れちゃいけないような気がする。

たとえば「無言館」の画学生たちがそうだろう。「あと五分、あと十分この絵を描かせてほしい」と願いながら、その夢を叶えることなく戦場のツユと消えた画学生。最愛の妻のお腹に子が宿っていることを知りながら、その裸身を一枚の絵にのこし、子の誕生をみることなく出征し戦死した画学生。戦死した画学生だけではないだろう。不慮の災害や事故、思いがけぬ病に罹《かか》って命を落した人たちもそうだ。私たちの命は、そうした「生きられなかった」死者たちから与えられた（託された）命であるともいえるのではなかろうか。

そう考えると、「与生」の責任は重くなってくる。

定年後、ゆっくり夫婦で温泉旅行したり、好きなゴルフにうちこんだり、畑で野菜づくりに熱中するのもりっぱな「与生」だが、その一日一日がかけがえのない、もう二どとやってくることのない一日であることは自覚したい。自分が過ごした今日一日が、志半ばで戦死した画学生の、「生きたかった五分、描きたかった十分」に値する一日であったか、どうか。

ついでにいっておくと、（個人的にだが）私はあまり「第二の人生」という言葉が好きではない。人生はたった一度きりであり、人生に「第一」も「第二」もありはしないのである。

退職したら田舎に引っ越し、ロッジ風の三角屋根の家を建て、手編みのセーターを着て薪を割ったり、奥さんは奥さんでパンづくりに精を出したりしているご夫婦をよくみるが、あれは「第二の人生」でも何でもなく、その人の「第一の人生」の延長線のようなものである。サラリーマン生活にくたびれ果てた人たちが、その疲労を慰やすために「第一の人生」のアフターケアをしているだけなのであって、けっして新しい「挑戦」や「冒険」が始まったわけではないのである。

人のことはいえない。私もまた、「生きたかった人たち」から託された命に恥じない「与生」を生きているか、しきりと自分に問いかけている毎日なのだ。

第3章 「無言館」の庭から② 「生き残る」ということ

霜子
中村萬平（1943 年内蒙古で戦病死／享年 26）

あなたは「桜隊」を知っているか

「無言館」ができてまだ二、三年の頃だったと思うが、俳優の大滝秀治さんがぶらりと来館されたことがあった。大滝さんといえば当時すでに民藝のベテラン俳優として活躍、舞台やテレビで顔を見ない日はないくらいの売れっ子名優の一人だったのだが（大滝さんは村山槐多の大ファンで「信濃デッサン館」にもよく来られていた）、「無言館」の帰りしなに私にむかってポツンとこんな言葉をのこされていったのを覚えている。

「あの戦争でね、命を落したのは画学生ばかりじゃなかった。我々のやっている芝居仲間でもね、ずいぶん才能のあるヤツが持ってゆかれちゃったんだ。今生きていたら宇野重吉さんや滝沢修さんになるような役者たちがごっそり戦死しちゃって。戦後ああいう人たちが生きていたら、ずいぶん我々の世界もちがっていたと思うよ」

前号でも戦没画学生の遺作を展示する「無言館」は、かならずしも絵を学ぶ者だけを顕彰する施設ではなく、戦争が音楽家をはじめ多くの将来性ある表現者たちの芽も摘んだということについてふれたが、今回はこのとき大滝秀治さんがもらされた、「戦争によってごっそり持ってゆかれた若い役者や演出家たち」の話をしようと思う。

私が「戦争と演劇」に関心を抱いたのは、恥かしながら私自身が若い頃、多少演劇をかじった経験をもっているということがあったからなのだが、最近ぐうぜん手にした堀川恵子著『戦禍に生きた演劇人たち――演出家・八田元夫と「桜隊」の悲劇』（二〇一七年、講談社文庫）という本を読んで、あの太平洋戦争下における演劇運動への抑圧がどんなにヒドイものだったか、また戦地に駆り出されて生きて還ることができなかった若き演劇人が、いかに多くいたかを再認識させられたからである。そして、これもまたぐうぜんとしかいいようがないのだが、この本の主人公である八田元夫という演出家は、何を隠そう、私が十八歳のときに初めて演劇の門を叩いた「東京演劇ゼミナール」（現在世田谷区代沢にある名門劇団「東演」の前身にあたり、当時は私の住む世田谷区松原町五丁目にあった）の創立者であり主宰者だった人なのである。

私はかつて（ほんの二、三年のあいだだったが）、自分に演劇の魅力を教えてくれた八田元夫先生が、あの太平洋戦争下を一人の「演劇人」として、文字通りいかに一身を賭して生きぬかれたかという物語を知り、あらためて現在自分のやっている「無言館」という仕事の意味をかみしめる機会をあたえられたような気がした。

八田元夫は一九〇三年に生まれ一九七六年に七十三歳で亡くなったが、戦前、戦中、戦後という三つの時代を新劇の世界に殉じた演出家だった。一九二六年に東京帝国大学（現・東京大学）

の文学部を卒業し、卒業後すぐに小さな新聞社に勤務するが、やがて金曜会、左翼劇場などをへて演劇の世界にとびこみ、千田是也、山川幸世、岡倉士朗らとともに演出部の強化に尽力、軍国主義に蹂躙され、戦争に翻弄されていたあの時代の「新劇」を牽引した演劇人の一人だった。

関東大震災後の焼け野原に築地小劇場とよばれる新劇場を設立したのは土方与志（一八九八〜一九五九）で、そこで坪内逍遙や小山内薫の手で、「ヴェニスの商人」や「ハムレット」などが上演されたのは有名だが、その頃の新劇界で一番問題だったのは、俳優の演技がまだまだ未熟だったことだった。戯曲がいくら立派でも、それを表現する俳優がいなければ芝居は成り立たない。土方与志とともに戦前の新劇界に一生を捧げた小山内薫（一八八一〜一九二八）もそれを憂いていた一人で、やがてその小山内はヨーロッパへの留学から帰国後、土方与志らと築地小劇場の設立に参加し、シェークスピア全集の翻訳で知られる坪内逍遥や弟子の島村抱月らと「文芸協会」や「自由劇場」を発足させるのだが、共通していたのは「日本の新劇には真の演技指導者と演出家が必要」という思いだった。

そして、そこに登場したのが八田元夫だったのである。

八田は、石川県金沢の下級武士の身から帝国大学を出て旧制三中（現・東京都立両国高校）の初代校長となり、教え子の芥川龍之介とも親しかった八田三喜を父にもち、母の敏子も多くの名門女学校で教鞭をとった教育者という厳格な家庭に育ったのだが、芝居好きな母に連れられて、生まれて初めて「演劇」なるものを見たのはまだ十歳の頃、当時新劇のもう一つの橋頭堡となっていた有楽座で公演されていた「テンノーホウギョ」という芝居で、その頃有楽座では日曜日の昼の興行を「子供デー」という日にしていたという。

本によると、初めてその「芝居」を観たときの八田少年の興奮は尋常でなかったそうだ。

ユーラクザ!! 母から、何度も、シバイの話できいたユーラクザに、その日私はいた。そして、生まれてはじめてシバイを見た。それは夢の世界のようだった。ベルがなって、あたりからくらくなる。幕がするするとあがる。サァッと光がさす。牛若丸が出てきた――あ、あれが金売り吉次だな。オシバイってこういうもんだナ。（略）ワクワクするような気持で、私はジッと見ていた。

そんな八田少年は、中学時代になると、本格的な芝居「ハムレット」にも連れて行ってもらえるようになり、その頃から、父親の書斎のシェイクスピア全集やバイロン、イエーツ、ホイットマンの詩集を片っ端から読みあさり、戯曲と文学の世界に没頭するようになる。しかし、両親はどんな芝居も元夫に観せてくれるわけではなく、夫婦だけで芸術座の松井須磨子の芝居に出かけ、元夫には「今日は大人の芝居よ」としか教えてくれないこともあった。だが、元夫には母が遅く帰ってきてから、寝床に入って今日観てきたばかりの芝居を昂奮気味に語ってくれるのが、何よりの楽しみだった。

「スマコのケティがねぇ、しつこく追っかけてくるので、大公の跡継ぎに決まっていたカールハインツは大変だったの」とか「マグダはね、ベッドの中でコーヒーを飲むからお行儀が悪いのよ」とか、母は舞台で演じられた女優や役者たちの姿を生き生きと元夫に伝えてくれるのだ。幼い八田少年は、母の話をききながら、「マツイスマコ」とはどんな女優なんだろうとか、そのスマコが演じるケティはどんな女なんだろうとか、母と同じように昂奮して眠れなくなってしまう。八田元夫が、「芝居の申し子」のように育ったのは当然だったろう。

八田元夫は帝大卒業後、日本新聞社芸能部の記者としてしばらく勤務、そこでプロレタリア画家の柳瀬正夢や、その頃俳優だった千田是也、「築地の聖処女」とよばれた女優山本安英、天才的な演技派の一人だった丸山定夫らと出会い、やがて小山内薫が主宰していた演劇雑誌に掲載した八田の原稿が小山内の眼にとまって、たちまち二人は意気投合、もうほとんど運命的といってもいいように土方与志や小山内薫らによる新築地劇団に参加し、「十三場」「菜っ葉服のドンファン」「新聞鳴動」などの戯曲を書いてリアリズム演劇の新風を巻き起こすのだが、大正三年、オーストリアがセルビアに宣戦布告して第一次世界大戦が勃発、「新劇」に対する弾圧はしだいに強まり、まず昭和十五年の摘発で新築地劇団の解散が命じられ、八田も投獄された。しかし出獄後も井上正夫一座に加わって演出をつづけ、戦後再建された第二次新協劇団に入り、盟友下村正夫とともに、八田元夫演出研究所を設立して後進の指導にあたる。そのときの研究所名が「東京演劇ゼミナール」であり、私が昭和三十五、六年頃の一時期、研究生として通っていた演劇教室だったのである。(因みに、私に芝居をやれと勧めてくれたのは、のちの下村正夫夫人となる劇団の看板女優遠藤暁子《とき》さんだった)

私はまだその頃、二十歳《はたち》前のニキビ面のぼんやりした少年だったから、肝心の八田元夫の風貌もよく覚えていないのだが、今回読んだ堀川惠子さんの本には、当時の八田をよく知る俳優の近石真介(八十八歳)のこんな証言が出ている(『新劇』一九七五年十一月号所載)。

八田は終生恐らく、面と向って人と激論対決するというようなことはなかったのではなかろうか。私が勘違いをして激昂しても、彼は強く抗弁するのではなく、泣くような声で「違うんだよ……。違うんだよ……」と訴えるようにいうだけである。……/八田は死ぬまでこの童心を失わなかった。押し倒されふんづけられながら、この童心で演劇に夢中になれたのだ。子供が無心になるように、彼は芝居によって無心の境地に遊んでいたのではなかろうか。

今では「サザエさん」の初代マスオ、「ルパン三世」の銭形警部の声、そのほか数多くのナレーションで知られる声優として活躍している近石は、なつかしそうに生前の八田をそうふりかえっている。それほど八田は物静かで、ふだんから激情に駆られることのない人物だったというのだ。私はその頃週一回「ゼミナール」の教室に通って、発声練習や演劇論（八田元夫の授業は「スタニスラフスキー理論」というちんぷんかんぷんの講義だった）の勉強をするだけの研究生だったが、たしかに松原町の古びた稽古場の片すみで、じっと腕を組んで私たちの稽古をみている小柄でちょび髭を生やした八田元夫という人の残影がかすかにうかびあがってくる。

しかしながら、大正十四年普通選挙法と同時に「治安維持法」が成立。昭和二年に兵役法が定まり一億総動員の機運が高まってくると、そんな純粋無垢な演劇青年八田元夫にも、軍部による演劇文化に対する締め付けが容赦なくおそってくる。

たとえばこの頃から、劇団が制作した台本には細部にいたるまで当局による検閲が施されるようになった。「上げ本」といって、上演初日の前日になってとつぜん当局が台本に赤字を入れたり、台詞やト書きが大幅にカットされたり、あるいは芝居の筋までが変更されたりした台本がとどき、ついには初日当日に上演が禁止されるなどという事態にまで発生するようになった。

堀川惠子さんの著には、こんな滑稽な話まで出てくる。

二日前の三月二八日、実は「猿から貰った柿の種」も一旦上演禁止を下されていた。理由は日本の寓話「猿蟹合戦」を元に創作されたもので、猿は蟹を騙し、柿の種と握り飯を交換させる。猿は握り飯を平らげた後で蟹に柿の種を撒かせ、八年間育てさせ、ようやく実った柿まで取り上げる。怒った蟹は臼や栗、蜂と協力して猿をやっつけるという有名な話。当局はその寓話に「資本家と労働者、地主と小作の関係を意図的に重ねている」として上演の中止を言い渡した。

舞台に穴を開けるわけにはゆかない。交渉の末、タイトルを「柿の種」と差し替えることを条件に上演禁止が解かれ、再度の検閲が行なわれていたのがこの日の夜のことである。改題に深い意味はない。一度決めた上演禁止を解く警察の面子《メンツ》を保つだけのことだ。「猿から貰った柿の種」でも「柿の種」でも、大差はないのだから。

一事が万事そんなふうだったから、小山内薫たちが目指す築地小劇場の「新劇」にも衝撃をあたえぬわけはなかった。検閲で上演禁止になるくらいなら、最初から当り障りのない芸術作品をやればいいという声が団員から上がりはじめ、それはやがて芸術尊重の小山内薫と思想重視の土方与志とのあいだにもミゾを生じさせることになった。

また、それまで築地小劇場を支えてきた帝大系のファンたちが、社会への抵抗精神を失なった劇団への批判に転じる。今の築地の芝居は小ブルジョワ演劇以外の何ものでもなく、現実社会に立ち向い支配階級と闘う姿勢をまったく失なってしまっていると攻撃しはじめたのだ。当局からの検閲、上演中止による経営難、左翼グループからの批判、そのうち政府が共産党関係者千六百名を検挙するといういわゆる「三・一五事件」までが起り、もはや当初小山内薫らがもとめていた「静かに人間の営みをみつめる芝居」の実現など不可能になる時代が訪れつつあった。

もちろんその頃、京都にいた八田元夫は、そうした築地の動向を一早く察知し、小山内が主宰する雑誌『劇と評論』に「政治が芸術の世界に介入することの怖ろしさ」を書いた。それは同時に、信奉する小山内の苦悩への八田なりの叱咤であり激励でもあった。

だが、それから僅か半年後の一九二八年十二月二十五日、小山内薫はとつぜんの心臓発作で急逝する。享年四十七。八田の才能を見い出し、演劇界へ送り出してくれた最大の恩人を失なって、いよいよ演出家八田元夫は一人ぼっちとなった。

一九三二年三月、日本は満州国を建国、建国に反対した犬養毅が暗殺され、軍部の独裁がさらに強くなる。当局は日本プロレタリア文化連盟（コップ）の活動を治安維持法によって弾圧、歌舞伎座、帝国劇場、明治座、新橋演舞場までに営業停止が言い渡され、当局はすべての劇団に対して「日本移動演劇連盟」への参加を命じ、一億総動員と戦意昂揚の国策演劇を行なうよう指導強化しはじめる。

そんな逆境のなか、八田元夫は丸山定夫、当時人気弁士だった徳川夢声らとともに「苦楽座」を結成した。せめて小さな劇団でもいいから「自分たちのやりたいものを演じたい」という一念から出発した劇団だった。そんな「苦楽座」にも、当局から「日本移動演劇連盟」に所属して国威発揚に協力せよというお達しがきたが、八田たちは断固それに従わなかった。八田は昭和十二年に書いた『演出論』がひっかかって逮捕されたが、十六年にようやく出所、そのときすでに三十八歳になっていた。しばらくすると亡命先のロシアから帰ってきた土方与志までが拘置所に送られ（土方はロシアで小林多喜二の拷問死を伝えたカドで当局から睨まれていた）、もはや八田にとっては「苦楽座」だけが演劇世界に生きてゆく最後の砦になった。


話を急ぎたい。

「苦楽座」が「桜隊」と名をかえ、表面的には軍部の命令に従って「日本移動演劇連盟」の所属となり、全国を巡演しはじめるのは昭和二十年四月、隊員（劇団員）の顔ぶれもすっかり変わり、劇団じたいも広島へ「疎開」することになった。疎開先を広島にしたのは、巡演中に広島でうけた歓迎が一番印象にのこったという理由から丸山定夫が決めたという。だが「桜隊」になっても、「苦楽座」時代から取り組んでいた三好十郎の新作「獅子」が主たる演目だった。当局が指定した国策演劇「太平洋の防波堤」もやるにはやったが、稽古のほとんどは「獅子」に費やされた。「獅子」は、吉春とお紋夫婦、娘のお雪によって運ばれる一種の家族劇。ラストで親の反対を押し切って意中の青年と満州へ駆け落ちする娘を見送る丸山の、渾身の獅子舞がクライマックスになる作品だった。

三月三日午前、一行は広島をふくむ山陰地方の長期巡演に出発した。ふしぎとその頃、まだ広島には空襲がなかった。過日の巡業のときに見たように、陸軍も海軍もかなり大規模に展開している土地だったから、早晩何かあるかもしれない、しかし、八田元夫にとっても桜隊員にとっても、「獅子」はそういう土地であればこそやりたい芝居だった。

なぜ桜隊が、あえて「広島」への疎開をのぞんだのか、堀川惠子さんの著にはこんな話がはさまれている。

八田には忘れることとの出来ぬ舞台があった。二月二〇日、広島陸軍第一分院でのことだ。陸軍病院は広島市の心臓部、第五師団司令部の練兵場の脇にあり、戦場で負傷した大勢の傷病兵が入院していた。この半年後には「爆心地」となり、焦土となる場所である。（略）予定通り「獅子」を上演し、観客の患者を代表して若い兵士が感謝を述べた。（略）「今日、吉春の『人間一生のうちで本当にしたいことがあったら、その時は崖から飛び降りるつもりでせにゃならんぞ』という台詞を聞いて、とても感銘深く思いました。ここにいる一同もきっと、胸打たれることが多かったに違いないと確信しています。私自身、そうやって生きていこうと思いました」。若くして肢体不自由となった兵隊の力強い言葉に、八田は胸が熱くなった。三好十郎の「獅子」は、お国のために生きろとは言っていない。自分のために、自分が信じるもののために必死に生きろと言っている。（略）「獅子」を信じてやってきたのは決して間違っていなかったことを八田は確信した。

しかし、「桜隊」が「広島」に疎開したことは致命的だった。

二週間ほど山陰各地を回ったあとの八月六日、「桜隊」一行は堀川町九九番地の宿舎で「獅子」の追いこみ稽古にうちこむ予定だった。主役の丸山定夫が持病の肋膜炎を悪化させ、娘役の森下彰子も疲労から体調を崩していたので、八田は二人の代役さがしのため三日遅れで広島に入ることになるのだが、それが生死をわけた。

原爆投下直後の変わり果てた広島の町を、八田は俳優兼事務局長の槙村浩吉とともに、「桜隊」の仲間を必死にさがしあるく。だが、酸鼻をきわめた広島で「桜隊」の生き残りとはだれ一人出会うことはできず、瀕死の床にあった丸山を看取るのが精いっぱいだった。「無法松の一生」で名をあげた丸山定夫、「獅子」の妻お紋を演じた園井恵子、娘役の森下彰子、そして高山象三、仲みどり、羽原京子、島木つや子、笠絅子《けいこ》、小室喜代。あの日、堀川町にいた隊員のうち五人は即死、のこった四人の命も放射能が奪いつくした。

「桜隊」は全滅したのである。


（2020.6.1）

「無観客」美術館に思う

ご多聞にもれず、このところ（二〇二〇年四月現在）、わが「無言館」も急激な来館者減少に見舞われ、開館いらいのピンチをむかえている。

昨年十月十二日の大型台風十九号の襲来によって千曲川の堤防が決壊、川をまたぐ上田電鉄（別所線）の鉄橋が落下して、上田駅と「無言館」をむすぶ唯一の交通アクセスが失なわれてしまい（代替バスが運行）、それでなくても例年閑古鳥が啼いている冬期の来館者数は、今や毎日二ケタにも達さない状況となっているのだが、そこに新型コロナウイルスの蔓えんがやってきて完全にノックダウン。上田電鉄の復旧は、早くとも来年春頃になる見通しだというし、コロナの収束もいっこうにメドが立っていない今、「無言館」は文字通り、孤島にぽつんと建つ「無観客」美術館と化しているのである。

　だが、館のあるじである者の発言としては不穏当かもしれぬが、「無観客」美術館というのもたまにはいいものだ、というのが個人的な感想である。それは約四十年前、初めてこの地に「無言館」の本館にあたる「信濃デッサン館」を建てたときの、ほとんど客のこなかった何年間かの経験を持っているから言えることなのだが、「無観客」をおそれていたら美術館なんてやっていられないというのが私の正直な気持ちなのである。

　とくに数日前、上田に何年ぶりかといっていいほどの大雪が降った日、私は初めてこの土地に美術館をつくった頃のことを思いおこし、何となく身のひきしまる思いと感慨におそわれた。しんしんと降り積もる白雪に埋まる「無言館」は、まるで丘の上に置かれた一個の巨大な冷凍庫のようにもみえる。館内にならぶ画学生の絵はさぞかし寒さにふるえ身を凍らせていただろうが、考えてみればかれらにとっての「無観客」は今に始まったことではない。もともとかれらの絵は、戦後何十年にもわたって「だれにも観てもらえなかった」絵なのである。今回のこの「無観客」経験は、「無言館」を営む私に、この美術館が「だれにも観られることのなかった作品」を預っている美術館であるということを、あらためて強く自覚させてくれる機会になったのではないかと考えるのである。

　もちろん、来館者がなければ収入もないわけで、働いてくれている人の給与にも窮する。そうした由々しき問題はいったんワキに措いての話だけれども。

ついこのあいだ千秋楽をむかえた大相撲春場所も、新型コロナの対策のため「無観客」で行なわれた。いつもは贔屓の力士を応援する客の声援や、横断幕を掲げるファンの声、番狂わせがおこるたび座ブトンが舞う桟敷席が、今やがらんと静まり返り、行司や呼び出しの声だけがひびきわたる国技館の光景は異様だったけれども、相撲をとる力士と力士の身体がぶつかり合う音や、荒々しく吐く息や唸り声までが耳にとどくという点では、本当の相撲好きにとってはたまらない場所になったかもしれない。「だれも観ていない土俵」で勝負する力士にとっては、モチベーションというか、闘志をかきたたせるという点ではさぞ大変だったろうと思うのだが、当の力士がいどむ眼の前の相手を倒すという目標には変わりないわけだから、むしろ「無観客」という環境は「無心に勝負に徹する」ことができる格好の条件だったようにも思われる。

こじつけめくけれども、「無言館」の戦没画学生にとっての「戦争の時代」もそうだった。召集をうけた画学生たちは、出征までの限られた日々を、だれにも観てもらえぬかもしれぬ絵の制作に費やした。なかには、それが卒業制作のためだったり、個展やグループ展に出品するためだったりした例もなくはなかったが、大半は「観られる」ためにではなく、「描きたい」というやむにやまれぬ欲求から描かれた作品だった。今の画家たちのように、コンクールで賞を取りたいとか、評論家の眼にとまりたいとか、画商の注文をうけて生活のために描いたという絵など一点もなかったのである。

では、かれらは何のために絵筆をとったのか、理由はかんたんだ。

これまで何どもいってきたように、出征すれば生きて還れぬ運命を知っていた画学生たちは、自分たちが生きている証《あかし》として絵を描いたのだ。「無観客」の土俵で相撲をとる力士や、「無観客」のピッチやグラウンドで戦うサッカー選手や野球選手と同じように、今自分に出来ることの象徴として、「絵を描く」という行為をえらび制作に没頭したのだ。もっとわかりやすくいうなら、生きているうちに「生きている実感」、たしかに今自分はここに存命しているという確証がほしくて画布にむかったのである。

エラそうな言い方になるけれども、四十年前に「信濃デッサン館」を建てたとき、また二十二年前に「無言館」を建てたときの私も、それに似た気持ちだったことを告白しておきたい。

戦後の経済成長の波にのり、何とか衣食足りる生活を得たあとの私が、夭折画家や戦没画学生の遺作のコレクションにのめりこみ、やがて二つの私設美術館を開館したのも、けっきょくは自分の人生に「生きている実感」をもちたかったからだ。それまでは、商売に励み、家を建て、家族を養い、物カネを得ることを「生きている実感」としてきた私が、過去に置き忘れられてきた無名の画家たちを発掘し、足跡を追い、作品の存在を多くの人に知らしめることに歓びを見い出したのは、いわば人生の目的が「有償」から「無償」の行為へと転じたことでもあった。画家の場合に置きかえるなら、私は売れる絵を描くのではなく、売れなくとも自分自身が納得する絵を描きたいという画家に変身したといっていいのである。
たしか「信濃デッサン館」が開館十五年をむかえた一九九四年の春だったと思うのだが、私はそのとき刊行された『信濃デッサン館所蔵作品集』（私家版）の冒頭にこんな文章を書いている。

だいたい私にとっての絵画蒐集とは何であったか、ふりかえってみるに定かな答えはない。ただ、太平洋戦争突入直前の動乱期に生まれ、親の庇護のもとに戦火をくぐりぬけた第一期団塊世代の私には、戦後の高度経済成長期の恩恵によって家持ち小金持ちの撒財はあたえられはしたものの、他者にむかってこれが自分だといいきれる人間としての主体精神というものがなかった。一億総参加の物欲レースに疲れはて、気づいたときには身も心も空っぽだった。そんな何一つ誇れるものもないバブル男の人生に、仄かに「再生」の灯をともしてくれたのが、この画家たちの凝縮し燃焼しつくした生の輝きであったといえるのではなかろうか。

要するに、私は「好きな絵をコレクションすること」によって、それまで自分を支配していた物カネ一すじの価値観から、いわゆる数値で表わすことのできない価値観、ただひたすら「絵を描くこと」に命を賭けて逝った画家たちの作品と人生を追うことによって、もう一つ別の「生き甲斐」を得たといっているのである。
しかしそれは同時に、私にそれまで生きてきた自分の半生をあらためて見つめ直し、再点検するという作業を強いることでもあった。「絵をコレクションする」「美術館を建設する」という新しい生き甲斐を得たのはけっこうだったが、ではそれまで生きてきた自分は何だったのか、あの高度経済成長下、小さな深夜スナックでなりふりかまわず必死に働いてきた日々、それはまったく価値のないことだったのか。
二十二年前に「無言館」を開館したとき、『芸術新潮』（一九九七年七月号、新潮社）に発表した『無言館』懺悔録」という文のなかでも、私はそのあたりのことにこうふれている。

北から南へ戦没画学生のご遺族巡りをかさねるうちに、私の心にはどこか落ち着きのない、何やら自分がとんでもない詐欺師の旅でもつづけているみたいな後ろめたさがおそってきた。何よりつらかったのは、私自身にろくすっぽ戦争体験といえるものがないことだった。どのご遺族をお訪ねしたときも、私はそのギャップに苦しめられた。訪問先できまってみせられる故人の戦地でのスナップや、出征前の家族写真や、当時のご家族の生活状況などをきいても、私は今一つそれについてゆけなかった。

（略）

それはたぶん、私が物心ついた頃から自らの足もとをふりかえることのない、物カネを追うだけの底浅い拝金一辺倒の生き方しかしてこなかったことにも原因している。戦後、貧しい靴職人の両親に育てられた私は、高校を卒業後二十近くもの職を転々、東京オリンピックの年に小さな水商売（借家を改造した三坪ほどの酒場だった）をひらいて自立、朝早くから夜更けまで酔客相手に立ちづめで働く。やがて十数年して、それまで貯めた小金を元手に渋谷明治通りに小画廊を開業、自動車のトランクに商売仲間から借りた絵を積んで売りあるいた。昭和五十四年に長野県上田市に開館した「信濃デッサン館」だって、そんな高度成長時代の落し子ともいえる私が企んだ処世の一つだったといえなくもない。そういう根なし草のような私の「戦後」のどこに、父や母をあれほど苦しめた「戦争」や「時代」をみつめる真摯な眼があったといえるだろう。

またまた筆者オハコの自虐論（？）が始まったと嗤《わら》われるかもしれないが、私がつくった二つの美術館は最初から「だれかに観てもらう」ことを目的としたものではなく、自分自身に観せるためにつくられた美術館だったといえるのである。台風がきて電車が不通になろうと、疫病コロナが蔓えんして来館者が激減しようと、建物が雪で埋まろうと、私がこんなふうに「無観客」美術館を静観していられるのは、ひとえにそうした私の、この仕事に対する一種の諦念のような心情が影響しているのではないかと考える。

一種の諦念というのは、何も美術館が「無観客」になった状況を歓迎しているとか、美術館の経営を放り出したくなったとかいっているのではない。戦後五十年近くも「無観客」の仕打ちをうけてきた無名画学生の絵だから、非常時ともいえる現在の時代状況のなかで、かれらの絵がだれの眼にふれられなくてもかまわないといっているのではない。私の心に生じている「諦念」とは、今後いかなる困難があっても、私はかれらの作品を次代に届ける責任を果たさなければならない、けっしてそれをあきらめてはならないという、自らに課された使命をはっきり「悟った」ということなのである。

ここで運命論を持ち出すのも変だけれど、私が戦地から復員してきた野見山暁治画伯と出会い、画伯が何気なくもらした「亡くなった画友たちの作品がこのまま地上から消えてしまうのはやりきれない」という独白に共感し、かれらの遺作を収集する旅をはじめたのも、いってみれば神のお告げというか、天から私にあたえられた「宿命」「運命」というべき出来ごとだった気がする。

人には自らの職業や仕事をえらぶ自由があり権利があるが、そうした自らの意志とはべつに、眼に見えぬ力によって「仕事」（あるいは任務）をあたえられることもあるのではないか。開戦の年に誕生し、戦後の混乱期をのりこえ、その果実として今やGDP世界上位の経済繁栄を手に入れた日本人、いわば「歩く戦後日本」ともいえる私に、神サマはあえてこの試練をおあたえになったのではないか。だれが書いた台本なのか知らないが、だいたいその役目を果たすだけの力量を私が持っているとはとても思えないのだが、とにかく私は「戦地に散った画学生がのこした命の証」を後世に伝える荷物を背負わされた人間なのである（と思っている）。

とはいっても、理念と経営とは別の話だろう。

このまま「無観客」状態がつづけば、画学生たちの絵を次の世代につなげてゆくという大義を果たせないどころか、日々受付にすわって来館者の応援に当ったり、傷んだ遺作の修復をしたり、地方での巡回展の準備や、諸々の刊行物の発行や宣伝広報につとめてくれている学芸員さんたちにも給料が払えなくなる。今のところ、昨年長野県に売却した「信濃デッサン館」コレクションのお金を注入してやりくりしているものの、何年後かに迫っている（すでに築二十二年になりあちこち傷みはじめている）建物の全面改築のための費用のことなど考えると、今回の台風による風評被害（千曲川が氾濫したというニュースで近くの別所温泉もさっぱりだそうだ）、追いかけるように発生した新型コロナによる経済的影響はけっして小さくないのである。

集客イベントの一つである恒例の「成人式」、全国からご遺族のあつまる「無言忌」、その他計画されていた種々のコンサートや催しも軒並みコロナ渦で中止、おまけに月一、二回のペースで各地からお招《よ》びがかかっていた私の講演会も悉《ことごと》くキャンセルとなっている状況の今（個人的にいうとこの収入減も甚だイタイ)、どうしたらわが「無言館」を「無観客」状態から救い出すことができるのか、このところ、それでなくとも経営能力のとぼしい老館主の頭のなかはその対策でいっぱいなのである。

だが、たまにぽつりとやってくる来館者がかけてくれる励ましの声は心強い。

先日もそうだった。たまたまお昼時間の館員の替わりに私が受付にすわっていたとき、どこで知ったのか、私の好物である葡萄パンと豆大福(私は酒呑みだが甘いモノにも眼がない)を土産に持ってきた高齢女性の来館者が、こんな言葉をかけてくれた。

「館長サン、元気を出してくださいよ。ここにならんでいる画学生さんたちは、同じ人間がおこした戦争で死んだんです。今私たちを苦しめているのは防ぎようのない自然災害と、防ぎようのない感染病です。こんなものに負けていたら、画学生さんたちに恥かしいですよ」

葡萄パンは女性の手づくりだそうで、外のベンチにすわって頬ばったら、生地のパンの味と葡萄のコンビネーションが何とも芳《こうば》しくて美味しかった。

ところで、今や世界じゅうが由々しき事態となっている新型コロナウイルスのことだけれども、私はこの第一報にふれたときに、凡そ百年前の一九二〇年前後に世界を襲ったスペイン風邪とよばれる結核性肺炎のことを思いうかべた。折しも第一次世界大戦が勃発したさなかにアメリカ南部の軍隊から発生したとされるこの死病は、世界各地で猛威をふるい約一千万人のもの命を奪い、大戦後ヨーロッパをへて日本にも上陸、若年層を中心に二十数万人の犠牲者を生んだ流行性感冒だった。私の「信濃デッサン館」の中心的コレクションだった村山槐多や関根正二が二十二歳、二十歳という若さで没したのも、この病気が原因だった。

とりわけ村山槐多がのこした詩や絵には、このスペイン風邪という疫病下のなかでしか生まれなかった生への焦燥と渇望があって惹かれるのだが、それは画家や詩人にとっての「生」の意識が、迫りくる死病に対する恐怖と畏怖のなかにあってこそ生まれたものであることをあらわしている。

一九一九年二月、槐多が二十二歳五ヶ月の生涯をとじる直前に書かれた「いのり」という有名な詩もその一つだ。

神よ
いましばらく私を生かしておいて下さい
私は一日の生の為めに女に生涯ふれるなと言はれればその言葉にもしたがひませう
生きて居ると云ふその事だけでも

いかなるクレオパトラにもまさります
生きて居れば空が見られ木がみられ
画が描ける
あすもあの写生をつづけられる

私が村山槐多という詩人画家に魅了されるきっかけとなったこの詩は、槐多が「第二の遺書」のなかにのこした詩なのだが、いつもこの詩を読むたびに、私は何ともいえぬ「生きる気力」の漲《みなぎ》りを覚える。どんな逆境や困難に立たされても、「生きなければ」という気持ちにさせられる。画学生たちが出征直前の限られた「生」を前に、端然と絵筆をとり画布にむかったのと同じように、自分もまた「のこされた命」のすべてを「無言館」に捧げたいと再決意させられるのである。

それと、今回のコロナ、かつてのスペイン風邪とならんで頭にうかぶのは、今を遡《さかのぼ》ること約七百年前の一三三七年、イギリスとフランスのあいだに百年戦争がはじまった頃、まるでその戦争に対する神の怒りのように、黒死病とよばれた伝染病ペストがヨーロッパ全土に大流行したことだ。全身に黒い斑点がひろがり、はげしい吐血のすえ僅か三、四日で人間を死に至らせるペスト菌は、東西交易路を航行する貿易船の船底にひそむネズミや、それに寄生するノミの血液中にまじってヨーロッパに運ばれ、ロンドン、ナポリ、マルセイユ、フィレンツェでは黒死病で死んでゆく人々が毎日数千人にのぼったという。最終的な犠牲者は、当時一億人余とされていたヨーロッパの人口の約三分の一にあたる三千五百万人にも達した。

そして、その十数年にわたり人々を苦しめつづけたペストの恐怖からも、たとえばルネサンスの画家ピーテル・ブリューゲルの「死の勝利」や、ボッカチオの「デカメロン」や、フランスのノーベル文学賞作家アルベール・カミュの小説「ペスト」が生まれたのである。

真の芸術は、安寧や繁栄のなかに生まれるのではなく、戦争や疫病によって「無観客」の状態となった絶望の世界からこそ生まれるものなのかもしれない。

（2020.7.1）

「生き残る」ということ

最近、洋画家の野見山暁治さんからたてつづけに何通かの手紙をもらった。野見山画伯といえば、文化勲章受章者にして文化功労者、すでに百歳（一九二〇年生まれ）というご高齢ながら、現在も現役画家として活躍されている洋画壇の巨人だが、私にとっては「無言館」建設のきっかけをあたえてくれた恩人ともいえる人。その野見山画伯から、なぜかこのところ、私の暮らす信州の「無言館」に自筆ペン書きの手紙が何通もとどくのである。

といっても、別段これといった用件のない簡単な近況報告といったものなのだが、とても百歳とは思えぬ躍動感にあふれ、まるで雲でもたなびいているかのような独特の万年筆文字で書かれた文面は、以前とくらべると何となく元気がない。画伯にはめずらしく「近頃の世の中は」だとか、「老いをしみじみ感じる今日この頃」だとか（百歳ですもの当り前です）、「いくら頑張っても一日に描ける絵はせいぜい一枚か半枚」とかいった、どことなく愚痴っぽい言葉がつづられ、その末尾はきまって「無言館の将来が心配だ。我々が死んだらかれらの絵はどうなるのか」といった言葉でむすばれている。ご自身の余命を考えると、「無言館」のこれからが気になって仕方ないという思いがあふれているのだ。

私にとって、ある意味野見山画伯は「愛憎半ば」の人である。これまであちこちの本でのべているように、そもそも私が三年半にわたって全国の戦没画学生の遺族宅を行脚し、かれらがのこした遺作や遺品を収集、二十三年前に「無言館」なる美術館の建設にふみきったのは、戦時中東京美術学校（現・東京芸大）を卒業し、満州（中国東北部）牡丹江に出征しながら、肋膜を患って故郷の福岡に帰還、療養中に終戦をむかえた経験をもつ野見山さんがフトもらした、「戦死した仲間たちの絵をこのまま見捨てておくのはしのびない」という一言に、当時五十歳ちょっとだった私がいたく共感、画学生たちの遺作収集を自ら志願したのがきっかけだった。野見山画伯の「戦死した画友」への思いをきかなければ、私は見も知らない画学生の絵をもとめて全国じゅうを旅する気になんてならなかったろうし、銀行から借金してまで「無言館」をつくろうだなんて気にもならなかったろう。そしてその後の二十三年といえば、劣化した遺作の修復と保存、次々に発見される新しい画学生の絵の処遇、赤字つづきの経営費の捻出、延々とつづく銀行返済等々、不謹慎かもしれぬが、時々私の人生を狂わせた文化勲章画伯を恨めしく思うこともあるのである。

しかし、このところの画伯の手紙から感じられるのは、画伯自身の余命というより、「無言館」の画学生たちが生きた戦争という時代の、いわば「記憶の余命」というべきものへの慨嘆であるように思われる。画伯の「我々が死んだらこの美術館の絵はどうなるのか」という畏れは、「あの時代を記憶する者がいなくなったら、この美術館はどうなるのか」という畏れと同義なのである。

「記憶の余命」を案じていたのは、先年やはり百歳で鬼籍に入られた熊本在住の銅版画家浜田知明さんも同じだった。苛酷な軍隊生活をテーマにした名作「初年兵哀歌」のシリーズで知られる浜田さんが「無言館」にこられたのは、たしか開館二、三年してからだったと思うのだが、そのときに「あなたのおかげで、なつかしいたくさんの仲間たちと会えました」、ご自分から握手をもとめられてきた日のことを忘れていない。

とりわけ浜田さんは、同じ熊本県出身で一九四四年長崎の航空廠で勤労動員中に被弾、二十九歳で戦死した画学生佐久間修とは美校時代の無二の親友で、「無言館」に飾られた佐久間の「新妻の像」の前に立って長く動かれなかった姿が印象的だった。近くにいた私にも聞きとれなかったのだが、資料ケースに収められた画友の遺影にむかって、浜田さんは何か一言、二言小さく語りかけていたように思う。

その浜田さんが「無言館」から帰りぎわに、私にむかってつぶやかれたのも、しだいに薄れゆく「戦争の時代」の記憶についての言葉だった。

「これからの『無言館』の役目はますます大きくなると思いますよ。もう私は歳ですから、遠い熊本からここへもう一どくることはムリでしょうが、ここに『無言館』が存在しているということだけで安心します。戦争の記憶は薄れても、『無言館』の絵が記憶されてゆけばいいんですから」

ずっとあとになってだったが、おととし同じ百歳で亡くなられた日本画家堀文子さんも、私の「無言館」建設を人伝てに知ったとき、こんなことをいわれていたときく。

湿原植物から高山植物、微生物から深海魚類までをモチーフにし、華麗な色彩で花や虫の命を描きつづけ、戦後の日本画の世界に新風を吹きこんだ堀文子さんが、応召し柏の航空隊に所属していた弟を十九歳で亡くしているという事実は、あまり世間には知られていない。堀さんは私の「無言館」の開館を知ったとき、こんなふうに周辺のどなたかにもらされていたという。

『無言館』……いい名の美術館ね。でも私は、一生その美術館には行かないと思う。弟は絵描きじゃなかったし、そこに弟の亡骸《なきがら》があるわけじゃないしね。でも、私のように生き残った者にとっては、そういう美術館ができたってことはとても嬉しいことだけど、とてもつらいことね」

一見、「無言館」の開館を無条件で讃じていた浜田さんとはちがう感想のようだが、語っていることは同じだと思う。堀さんたち「生き残った者」にとって、「無言館」は自らに科せられた何ものかをつきつけてくる美術館なのだろう。堀さんにとっては、なぜ愛する弟が死に自分が生き残ったのか、浜田さんにとっては、なぜ盟友佐久間修が死んで自分が生き残ったのか、答えのあるはずのない答えを追いかける美術館なのである。

「私は弱虫だから、死ぬまで『無言館』にゆく勇気がないと思うの」

当時九十路半ばに差しかかっていた日本画家堀文子さんの言葉が、今も重い。

「無言館」の中央近くに展示されている絵に、千葉県木更津に生まれ、東京美術学校卒業後出征し都城部隊に入隊、出征先の満州（ハイラル）からフィリピン・ルソン島に転戦して戦死した画学生興梠武《こおろぎたけし》が描いた油彩画「編みものする婦人」がある。「婦人」と題されているけれども、この絵のモデルは武の末の妹で、妹は武の出征中に結核で二十五歳で病死している。戦地で行軍中、最愛の妹の死を知らされた武は人目もはばからず号泣したという。そして、その武自身もまた、激戦地だったルソン島のソルド山中において二十八歳の命を散らすのである。

私が「生き残った者」という言葉で思い出したのは、この興梠武と同じハイラルの部隊に所属していた画家香月泰男のことだった。

香月泰男は一九四三年三十一歳で召集され、故郷である山口県の西部第四部隊に入隊後、興梠武と同じ満州興安北省ハイラル市の第十九野戦貨物廠営繕係に配属される。そして一九四五年八月にソ連が日本に宣戦布告し、満州北部、朝鮮、カラフトへと一斉進撃、泰男は中国奉天で終戦をむかえるのだが、ソ連軍によって黒竜江沿岸にあるクラスノヤルスクのセーヤ捕虜収容所に連行され、いらい約一年半におよぶシベリア抑留生活をおくる。一九四七年五月三十六歳で復員した泰男が、下関高等女学校の美術教師に復職後、郷里の三隅町に帰って、名作「雨（牛）」や「埋葬」や「朕」に代表される、いわゆる「シベリア・シリーズ」の画家として高い声価を得るにいたったことは香月ファンならだれもが知るところだろう。

そして私が注目するのは、その香月は軍隊生活中から絵の才能を認められ、上官が絵好きだったこともあって、特別に軍務のあいまに絵を描くことを許されていたということと、そんなふうに絵を描きつづけられたのは、香月に絵の具や絵筆、カンバスを分けてくれた同じ部隊で働いていた興梠武の助けがあったということだ。

いうまでもなく、苛酷な労働に明け暮れる画学兵が、従軍中に「絵を描く」なんて考えられないことだった。

出征時に、雑嚢《のう》のなかにひそかに絵の道具をしのばせ出征した画学生もいるにはいたが、そこには軍部のきびしい検閲もあったし、上官の眼を盗んでスケッチ一枚描くのだって容易ではなかった。下級兵だった香月も同じで、従軍中にいくら絵を描きたくなっても、道具がなければどうしようもない。しかし、その香月に同じ部隊にいた美校出身の興梠武が、「これを使ったら」といって自分の絵筆と絵の具を分けてくれたというのだ。香月が従軍中にのこした有名な手記「海拉爾《ハイラル》通信」のなかにも、「仲間に頼んで材料を手に入れてもらった」「兵隊をコオロギ軍曹のところにやって材料を貰ってこさせた」という記述があるのである。

香月が六歳下だった興梠と、大勢いる兵隊のなかでどうやって知り合ったかはわからないが、その頃興梠も絵の才能を買われて、部隊内にある軍人会館に飾る絵を描いていたというから、たとえ顔を合わせていなくても、どこかで存在を意識し合う「美校仲間」だったといえるだろう。軍律きびしい軍隊内にあっても、同じ絵の道を志す者どうしの、余人にはわからない友情の絆があったといっていいかもしれない。

しかし、運命は残酷だった。

興梠武はまもなくハイラルの部隊から、フィリピンへと転戦し、ルソン島のソルド山で戦死、従軍中興梠の絵の具で絵を描いていたという香月は、中国石家荘で終戦をむかえ、一年半のシベリア抑留の苦しみは味わったものの、終戦約二年後に生きて祖国の土をふむ。復員後は、故郷三隅町（現在同町には町立香月泰男記念美術館が建つ）のアトリエにこもり、代表作「青の太陽」「避難民」「一九四五」……と、抑留生活での体験に材をとった連作に精魂をかたむけた香月のその後の画業は、さながら「生き残った者」の「生き残れなかった者」に対するせめてもの献花だったといえるかもしれない。

一九七二年三月、行年六十二歳の生涯をとじた香月の「画家のことば」に、こんな数行がある。

戦争がなくて私がシベリヤに連れて行かれなかったら、私の後半生は無に等しいものであったかも知れぬ。その方が本当によかったのだが……。美しくなかった僅かな期間の兵役俘虜、それを美しいものとして充填しようとしているのが今の私の仕事でもあると言うのが本音かも知れぬ。

ここには、香月泰男の「生き残った者」としての、あるいは「生き残った画家」としての血を吐くような告白があると思う。

もし自分が戦争にゆかず、シベリアに拘留されていなかったら、おそらく自分の人生は無にひとしい、つまり絵など描いていない、生きるに値しない人生だったのではないかと吐露しているのである。そして、その苛酷なシベリアでの拘留生活を、「絵を描くこと」によって美しいものにしようという、画家としての抗《あらが》いが今の自分を支えているといっているのである。

酷寒のシベリアで経験した飢餓、病、理不尽な強制労働の日々を美しいものに変えるということは、とりもなおさず、あの「戦争」で命を落とした者たちの「生」を美しいものにさせたいという願いに他ならない。「生き残った者」は、「生き残れなかった者」の命を、泥まみれ血まみれの亡骸のまま戦地に置き去りにしてきたと思いたくないのだ。かれらの生を画布の上に、一滴の絵の具、一本の線によって美しくよみがえらせたかったのだ。

「画家のことば」にはこうも書かれている。

太陽はいつも絶対に美しい。エネルギーの根源でもあるのだからと思うが、不純なアメリカ人やソ連人が汚したものと思えば、このごろの月ももはや清浄感がなくなった。知り得て美しさの増すものもあろうが、未知のままの方が美しいものが多くある。

これは香月が、「黒い太陽」や「月の出」のモチーフにした太陽と月が、戦場の土となった戦友たちの命の残滓であるとみていたということをしめす。敵軍であるアメリカ兵やソ連兵が殺りくした仲間たちの、無惨な末路が太陽や月を不浄なものに変えてしまい、帰還してからは太陽や月がちっとも美しくみえなくなってしまった。「戦争がなければ、戦争を知らなければ、私にとっては太陽も月もこの地上で最も美しく輝きつづけているものだったのに」と香月は嘆く。

そういえば、香月泰男は銅版画家浜田知明とも多少の縁をもっている。

浜田知明は美校では香月の三年後輩、戦死した興梠武とは三年先輩という年齢差だが、教授は同じ藤島武二。一九四〇年に召集をうけ、戦闘部隊に配属され満州に渡り、山西省の蒲州、臨晋《リンチン》、河津《ホーチン》を転々、河津では標高一千三百メートルの山頂に駐留した。香月や興梠が美校出ということで上官から厚遇されたのとちがい、浜田は下士官から目の敵《かたき》にされた。若い頃から浜田は社会主義に傾倒していて、天皇や国家をきびしく批判していたからだが、「聖戦」に疑問をもった浜田は、従軍中にいくども自殺を考える。浜田の代表作となった「初年兵哀歌」に「歩哨」という作品があるが、そこには暗い便所のなかで三八小銃の引金に足をかけ、銃口を喉元にあてて自殺を図ろうとする兵隊が描かれている。いうまでもなくそれは浜田自身だ。

そして、これは偶然かもしれないのだが、ハイラルの部隊で香月は便所で首吊り自殺した戦友の図を描いているのである。一説によると、それは上官に提出する事故報告書に添付するための絵だったともいわれているが、じっさいに自殺を図ろうとした浜田と、それを客観的な画家の眼でとらえて描いた香月とのあいだには、明らかに「戦争」に対する画家としての立ち位置の違いがあったといってもいいのだろう。

「生き残った者」「生き残れなかった者」を考えるとき、もう一つ思い出す二人の画学生の話がある。

二〇〇九年八十九歳で他界された日本画家毛利武彦さんは、一九四三年に美校を卒業して兵役に服し、代々木連兵場、仙台飛行学校をへて台湾の戦線に参加するが、終戦翌年に帰還、その後は創画会の結成に加わり、幻想的かつ詩情にあふれた山紫水明、桜華風月の秀作を発表、戦後日本画壇の中枢を担った一人だが、同じ美校で机をならべていて一足先に満州牡丹江東寧に出征した画友の太田章を戦地で亡くしている。京都友禅の腕ききの画工の長男に生まれ、父親から「末は家業を継ぐ立派な友禅画工か琳派の画家に」と期待されていた章は、満足に食料も武器も与えられない満州の戦場で、とつぜん脚気衝心という一種の心臓発作によって二十三歳の生をとじた。

復員後に章の焼香に太田家を訪ねた毛利さんは、父親から章の遺品といわれる「腐れ胡粉《ごふん》」を手渡される。

少し専門的になるが、「胡粉」とは日本画の下塗りのときに使う顔料の一つで、貝殻を焼いてくだいて粉末状にしたもの。太田章は、その胡粉を膠《にかわ》でといて丸い団子のようなかたまりにし、出征する前に画室の床の下に寝かせていったのだという。胡粉と膠が土の中で蛙の腹ワタのように腐敗すれば、いっそう顔料の画面への粘着力が増し、色彩に深みが出る。その「腐れ胡粉」を、たぶん章は自分が戦地から還ったら使うつもりで床の下に埋めていったのだろう。

「この胡粉を私にくださるというのは太田君自身の遺志ではないんでしょう？」

と毛利さんが父親に問うと、

「章はあの通り遺骨一本のこさず戦死したわけですから、家族の私らにも遺書一通のこしてゆきませんでした。しかし、自分が帰ったら使うつもりだったこの絵具だけは、無二の親友だったあなたに使ってもらいたいんじゃないでしょうか。どうかあなたには、この絵具を使って章が描けなかったぶんまでいい絵を描いてもらいたいんです」

最愛の跡継ぎをうしなった京都友禅の老画工は、半ばすがるような眼をして毛利さんに章の「腐れ胡粉」を手渡したというのだ。

毛利武彦さんとは、毛利さんをふくむ創画会の気鋭画家たち七名が打ち揃って、一九八四年に手弁当で結成したグループ「地の会」（同会は十三年間にわたって活動をつづけた）の代表監事に私を推せんしてくださったご縁で、生前個人的にも親しくお付き合いさせていただいていたのだが、ある日久我山のご自宅をお訪ねしたとき、毛利さんから太田章の形見だという絵の具とともに、その「腐れ胡粉」を見せてもらったことがある。

毛利さんがアトリエの戸棚から出してきた小豆色の袱紗包みには、藍、朱、群青、緑青といった何色かの顔料が小さな竹筒に入れて仕舞われ、そのなかに白い和紙にくるまれたピンポン玉ぐらいの「胡粉」のかたまりがあった。

当時まだ七十歳前後だった毛利さんが、端整な男前の顔をゆがめて語った言葉を今でも覚えている。

「復員してからの私の絵には、どれにも太田君の腐れ胡粉が使われています。最近描き上げた神代桜の絵も衣笠山の風景もそうです。制作に行き詰まったときに、太田君の絵の具や胡粉の力を借りると、何だか絵にもう一つ命が加わった感じがするんです。絵を描きたくても描けなかった太田君の魂が、私の絵に乗り移ってくれているんじゃないでしょうか。太田君の顔料や胡粉を使わせてもらうたび、戦死したかれのためにも、少しでもマシな絵を描かなければと思いましてねぇ」

「生き残る」とはこういうことかと、私は息をつめてきいていた。

（2020.8.1）

遺族の肖像①——「無言忌」に集う人々

開館いらい催してきた「無言忌」が第二十回をもって終止符をうったのは、二年前の二〇一八年六月第一日曜日のこと。「無言忌」とは、「無言館」に画学生の遺作や遺品をご寄託下さっている全国のご遺族、関係者が年に一ど一堂に集う催しで、第一回にはたしか画学生の直接的なご遺族、たとえば兄弟姉妹、友人知己といった人たち総勢二百名近い方々の出席があったと記憶する。北は北海道、南は九州鹿児島、種子島といった遠方から、本土中央の信州上田の丘に建つ「無言館」にまでやってきて、ご遺族同士の親交をふかめ、なごやかに語り合い、また次回での再会を約して帰路につかれる「無言忌」は、ある意味において「無言館」の活動を支える重要な行事になっていたといってよかったろう。

だが、その集いも第十回を数えるあたりから急激に参加者が減少しはじめ、最終回となった「無言忌」に姿をみせられたご遺族は十名やっとという状況だった。戦後七十余年が経過、ご遺族、関係者の高齢化がすすみ、またその多くが鬼籍に入られたことによって、年々会の存続がむつかしくなり、ついに二年前「無言忌」は二十回をもって解散、終了しようという結論に至ったのは仕方ないことだった。

気がついてみると、私を「無言館」建設に駆り立ててくださった復員画家、野見山暁治画伯も当年百歳を数えられ、開館当時五十六歳だった館主の私もいつのまにか七十八歳の老齢となっている。画学生の遺族も歳をとったかもしれないが、こっちだってだいぶヨタヨタしてきている。

毎年全国各地のご遺族宅に開催日を周知し、宿の手配や送り迎え、会場の設営や食事会の弁当の注文等々、私をふくむ総勢五名の館員スタッフ、地元ボランティアの方々で切り盛りするのはかなり大変である。甚だ残念ではあったが、「無言忌」の二十年のピリオド決定に、ちょっぴり肩の荷を下ろす気分になったというのも偽らざる心境だったのである。

しかし、いざ「無言忌」がなくなってみると、心に風が吹くような淋しさをおぼえる。何だか「無言館」と画学生家族との絆が切れたというか、ご縁が薄くなってしまったような不安をおぼえる。加齢のため「無言館」まで足を運ぶのが難儀になったとはいっても、まだまだお元気でおられるご遺族は少なくなく、時々地元の名産品を送ってきて下さったり、賀状をはじめ時節の折々に励ましのお便りを下さる画学生の親族もいらっしゃる。なかには「年に一ど上田に伺うのを楽しみにしておりました」とか、「時々無性に（戦死した）兄の絵に会いにゆきたくなります」とか、「こんどは孫に運転してもらって家族で伺う計画をたてています」なんて便りをもらうこともある。すると正直、もう少しあの「無言忌」は続けたほうがよかったんじゃないかなんて後悔もわいてくるのである。

今でも思い出される「無言忌」常連のご遺族の顔がうかぶ。

何といっても毎年お会いするのがたのしみだったのは、鹿児島県種子島からやってくる戦没画学生日高安典さんの弟稔典さん、良典さん、定典さんのご兄弟三人組だった。稔典さんは、私がまだ画学生の遺作収集をはじめてまもない頃だったが、南種子町のご自宅に何泊もさせてもらい、毎晩長兄安典さんの思い出話をきかせてくれた方である。日高安典は東京美術学校(現・東京芸大)西洋画科を繰り上げ卒業後出征、二十七歳でフィリピン・ルソン島パギオで戦死した画学生だが、最期に描いた絵が恋人をモデルにした「裸婦」だった。召集令状がきた日、安典は渾身の絵筆をふるって二十歳の彼女の裸体を描き戦地に発つのだ。

ところが、なぜか稔典さんは、なかなかそのモデルさんが安典さんの恋人だったことを認めようとされない。「堅物いっぽうの兄でしたからなァ、そんな女性がいたなんて信じられない」というのが稔典さんの感想なのだが、まもなく当の女性が「無言館」を訪ねてきて、館のノートに当時の思い出を綴って帰られたことによって、その女性が正真正銘の許婚者だったことがわかる。そのときの稔典さんの言い分がふるっている。「たぶん安典は、相当その女性に言い寄られたんでしょう。兄にとっては大事な絵のモデルさんですから、ムゲに振るわけにはゆかなかったんだと思いますな」

そういう稔典さんご自身も、たしか独身を通された大堅物だったが、第十三回の「無言忌」のために信州にむかう予定だった当日の朝、靴を穿いている玄関先で突然の心臓発作におそわれて亡くなられた。それからは良典さん、定典さんお二人だけの「無言忌」詣でとなったのだが、そのお二人もまもなく他界されて、とうとう日高安典の画業、人となりを熱く語るご遺族はだれもいなくなってしまった。

また、やはり東京美術学校の日本画科を出て応召し、一九四四年に満州の牡丹江で二十三歳で戦病死をとげた画学生太田章の妹さんの和子さんも、毎年「無言忌」でごあいさつを交わす客人のお一人で、和子さんは太田章が出征直前に描いた卒業制作「妹の像」のモデルをつとめられた。

「ふだんそんなことを言ったことのない兄が、召集令状がきた朝、とつぜん私にモデルになってくれと言うんです。あの頃私はまだ十八歳、一張羅の浴衣を着てピンクの帯をしめて、緊張してモデルになったことを覚えています。私を描いていたあのときの、あの兄の真剣な眼を忘れたことはありません」

八十歳をこえられてからも、きちんとした和装姿で「無言忌」に参加されていた和子さんも、終生独身を通された女性だったが、心なしか兄の章さんのことを語るときは乙女のように頬を染められていた。おそらく和子さんにとっては、若く戦場に消えた兄の章は、人生で出会った唯一無二の「異性」でありつづけたといってもいいのだろう。その和子さんも五年前、新宿の一人暮しのマンションで八十六歳で孤独死されたが。

満州で二十五歳で死んだ画学生飯塚孝之丞の姉照子さんも未婚を通された方だった。東京八王子で「琥珀」という老舗ナイトクラブを経営されていた美しい女性だったが、市内のお宅には弟孝之丞の花の絵が描かれた掛軸が飾られ、ベッドのよこにも何点かのスケッチ画が掛かっていた。私が初めて照子さん宅をお訪ねしたとき、少しはにかむように語られていた「弟にはいい人がいなかったから、姉の私が彼女役をひきうけていたようなものでした。出征する前日、二人して美校の前の桜の下を散歩したことを今でも忘れていません」という言葉を思い出す。

太田和子さんにしても飯塚照子さんにしても、あの戦争によって女としての「青春」そのものをもぎ取られた人たちだった。結婚適齢期だった男のほとんどは戦地に駆り出され、のこされた多くの若い女には嫁ぎ先があたえられず、武器工場や航空廠などへの勤労動員を強いられていた理不尽な時代。そんな女性たちの「青春」の息吹を伝えるよすがの役割を、愛する兄、弟がのこした思い出や絵が担っていたとはいえまいか。

高齢化するご遺族のなかで、貴重な「若手」に属するのは、出征前に結婚し子どもをもうけ戦死した画学生の息子さん、娘さんである。ちょうど太平洋戦争開戦の頃に生まれた私と同じ世代で、「若手」とはいってもすでに七十歳代後半、足腰が弱っていたり何らかの持病をかかえていたりする人も多いのだが、それでも「無言忌」に参加されていたご遺族のうちではまだまだお達者、現役で仕事をされている方もおられる。

一九四三年蒙古連合自治政府巴彦塔拉盟武川で二十六歳で戦病死した中村萬平さんの長男暁介

さんは、私と同じ戦争がはじまった一九四一年の生まれで、参加者のなかでは「ミスター無言忌」といってもいい存在だった。毎年欠かさず奥さまといっしょに静岡県浜松市からドライブしてこられ、父親の萬平がのこした「霜子の像」の前に長い時間佇まれてから帰途につかれる。描かれている霜子とは萬平の妻、つまり暁介さんのお母さんで、萬平とは霜子さんが職業モデルとして美校に通っていた頃に恋におち、萬平が満州に出征したあとに生まれたのが暁介さんだった。しかし運命は残酷だ。その霜子さんも産後の肥立ちがわるく、暁介さんを出産して僅か半月後にこの世を去る。

第一回「無言忌」のときだったと思うが、暗緑色の画面に片膝を立て、豊かな乳房をかかえるように裸体ポーズをとる「霜子の像」をみつめながら、暁介さんが私にこう語ったのをおぼえている。

「館長サン、これはだれがみても父が描いた母親の姿ですが、ぼくは勝手に母子像だと思っているんです。だって、もうこのとき母のお腹にはぼくが入っていたんですから……ぼくにとってこの絵は、父の萬平が母といっしょに赤ん坊のぼくを描いてくれた母子像だと思っているんです。母の顔も父の顔も知らないぼくにしてみたら、この絵は唯一父がのこしてくれた家族の絵といえるかもしれません」

語る暁介さんの顔が、ちょっぴり紅潮していた。

それと、印象にのこる「無言忌」常連の息子さんがもう一人いる。

一九一四年長野県飯田市に生まれ、一九三三年四月東京美術学校西洋画科を首席で卒業、だれにもその画才を認められながら、太平洋戦争開戦直前の一九四〇年九月に応召、四三年にニューギニアのマダンで二十九歳で戦死した市瀬文夫の長男和利さんだ。和利さんもまた私と同年齢で、父文夫が出征したあとに生まれた子だった。幼い頃、母のふみゑさんから絵を教えられた時期があって、学校から帰ると絵の具の溶き方から筆の使い方までムリヤリ習わされたという。どうやらふみゑさんは、戦死した夫がはたせなかった画家への道を、一人息子の和利さんに継がせようとしたらしいのだが、和利さんはまったくちがう理工系の道をえらばれ、長く名古屋の大手電気器具メーカーの技師として活躍されたとおききする。

ふみゑさんは文夫の戦死後、しばらくして上原武一さんという人と再婚し、一男一女をもうけたが、妻の前夫にあたる文夫さんの遺作や遺品をことのほか愛し、大切に保管しつづけたのはその上原氏だったというのだから、わからないものだ。上原氏はふみゑさんの死後も、まるでふみゑさん自身の形見を守るように、市瀬文夫の作品をていねいに整理、保存し、何どか出身地飯田の公民館で遺作展をひらくほど文夫の画業の紹介につとめたという。

そして、その上原氏が先年亡くなられたあと、ようやく和利さんに父市瀬文夫の遺作の「保護者代表」の順番がまわってくる。

「義父の上原が健在の頃は、何となく父の絵は母と上原のものだという気がしてましてねぇ。自分が立ち入ってはいけないものだと思っていました。母が愛した父の絵は、やっぱりその母が嫁いだ相手の人に守られるのが一番幸せなんじゃないかと思っていましたからね」

和利さんは、そんなふうにご自分と父親の遺作との関係を語られていたが、「無言館」に文夫の絵が収蔵されることになり、自分がその遺族の代表者となったことで、やっと「父の子になれた」ような気がしたともいわれる。市瀬和利さんも、「無言忌」には必ず奥さまの満子さんと一人娘の真理さん同伴で出席されていたのだが、真理さんは名古屋の美術大学を出られて絵の道にすすまれた女性で、何年か前に結婚されるまで、わが「無言館」の職員として働いていただいたこともある。いってみれば、市瀬家は戦没画学生市瀬文夫の絵をつうじて、「無言館」と今も家族ぐるみのお付き合いをつづけさせてもらっているご家族なのである。


こう書いてくると、ますます二年前に終了したご遺族交流の集い「無言忌」が、いかに「無言館」にとっても私自身にとっても、大きな意味をもつ催しであったかということに気づかされるのだが、もう一つ今の段階になって気づくのは、最近新しく作品や遺品の寄託を申し出られてくるご遺族は、ほとんどがまだ五、六十歳手前の「若い世代」であるということだ。

開館二十三年をむかえる「無言館」だが、今もって年一、二どぐらいの割合で、それまで確認されていなかった戦没画学生の情報が寄せられることがある。それは開館当初のように「無言館」の調査や追跡によって存在が判明、収集にいたったという画学生ではなく、新聞か何かで美術館の存在を初めて知った遺族のほうから、「ウチにある戦死したお爺ちゃんの絵も預かってもらえないだろうか」といった申し出があったりするケースである。そして（当然のことながら）、そうした新規参入（？）のご遺族の方々は、戦死した画学生とはかなり血縁の薄い縁者の方々、たとえば甥御さん、姪御さん、そのまたお子さんといった比較的若い年齢層の人たち、「戦争を知らない」どころか、ついせんだってまで自分の遠い親戚にそうした画家のタマゴがいたことすら知らなかった世代の人たちなのだ。

そうした新しい遺族にとっては、「無言館」の設立理由や存在意義を知る意味でも、また「無言館」が歩んできた歴史を知る意味でも、遺族同士が語り合い、故人を偲び合う「無言忌」のような集まりは、けっして無為なものではないだろう。自分たちが預けた血縁者の画学生の絵と年に一ど再会する機会がもてるということだけでも、まだまだ「無言忌」のような集いは必要だろうし、若い世代に戦死した若い「お爺ちゃんの描いた絵」が今も放ちつづけている命の光を再認識してもらう絶好のチャンスにもなるはずだ。「無言忌」に出席することによって、また新しい遺族同士の交流がめばえ、お互いに亡くなった画学生の思い出を語り合ったり、その戦死を悼む思いを交換し合ったりするうちに、あらためてあの「戦争という時代」をふりかえる時間も生まれるにちがいない。

ついせんだって、一九四五年フィリピンで三十三歳で亡くなった京都生まれの画学生原藤雄の「自画像」他数点の油彩画、スケッチ帖、遺品などを、夫君の運転するワゴン車に乗せて運んできてくださった藤雄の一人娘の昌子さんは七十八歳。一昨年まで「無言忌」がひらかれていたときいて、こんなふうに語られていた。

「残念ですね。もう少し私たちが早く美術館のことを知っていたら、ぜひその会に参加させてもらいたかったですね。画集を拝見すると、父と同じ京都工芸学校出身の学生さんも何人かおられるようですし、ことによると父と同級生の方のご遺族ともお会いできたんじゃないか、なんて想像しています」

前後してやはり同じ一九四五年フィリピンで二十三歳で戦死した画学生後藤桂の日本画の下絵を、私が出張していた東京のホテルまで届けてくださった桂の姪孫さん（まだ三十歳ちょっと、美術関係の出版社にお勤めという）も、こういわれるのだ。

「いつか伺おうと思いながら、じつは私もまだ無言館には伺ったことがないんです。もし今お世話になる叔父の絵が展示されることになったら、ぜひ母といっしょにお訪ねしたいと思っています。想像ですが、まだまだ私たちのように、貴館をお訪ねしていないご遺族の方も多いんじゃないでしょうか」

私はあらためて、二年前に「無言忌」にピリオドをうってしまったのはいささか早計だったのではないかと反省した。開館当初の頃のご遺族、私が遺作収集のため全国行脚していた頃に親しくさせていただき、お世話になった身ウチのようなご遺族の数が少なくなってゆくのは淋しかったが、戦後七十五年をへたこれからこそが、本当の意味での「無言忌」の勝負（？）ではないのか。これまで「無言忌」を支えてくれていた第一期ご遺族組から、まだ美術館の存在を知らなかった原藤雄の娘さんや、後藤桂さんの姪孫さんたち「新しいご遺族」にバトンを渡すのが、館主である私の務めなのではないのか。


ついでに、といったら叱られるけれど、二年前までの「無言忌」には第一回から皆勤され、休止となった今も、集いが再開したときにそなえてリハビリに励んでいる女性に川崎文子さんがいる。文子さんは一九四五年フィリピン・ルソン島で三十三歳で戦死した画学生川崎雅の奥さん。

新婚生活僅か三年で雅さんを失なった文子さんの心情を、娘の千鶴さんはこう語られる。

「今の母は、年に一ど無言館を訪ねることを生きる目標にしていると思うんです。館長サンのことだから、必ず無言忌を復活させてくれる、そのときのために、絶対車椅子に乗るのはイヤだって。そんな姿を雅さんには見せられないって」

もうお一人、もっと強烈なご意見番がいらっしゃるので紹介しておきたい。

「無言館」において唯一、地元上田市の出身である近藤隆定《たかさだ》は、市内にある名刹大輪寺に生まれて東京美術学校工芸科鋳金部を出た画学生で、終戦まぎわの沖縄首里の地上戦で二十四歳の命をとじた。その奥さんの初枝さんは、現在東京大田区にお住まいの長女隆子さんご夫妻のもとで静かに余生をすごされており、もう何年も前から「無言忌」に出席することは叶わなくなったが、毎年「無言忌」がひらかれる六月になると、「忌の費用に使ってください」というお手紙の添えられた現金封筒がとどく。

何どかご本人からも直接お電話をいただいたことがあるのだが、

「アンタはまだまだ若いんだからね。頑張らなきゃダメよ。アンタの背中には、私たちの大切な宝モノがのっかってるんだから。アンタが自分からその仕事をえらんだんだから」

耳のご不自由もあって、初枝さんの声はいつも電話器が壊れるんじゃないかと思うほどの大音量だ。因みに、初枝さんはご遺族のなかでは最高齢の百三歳。

あんな大音量の説教を食らったら奮い立たないわけにはゆかない。今年はコロナで見送ったが、来年からは「無言忌」を再スタートさせようと考えている私である。

（2020.9.1）

第4章　雨よ降れ　その2　原稿用紙を買う

（2021.1～2021.10）

編みものする婦人
興梠武（1945年フィリピンで戦死／享年28）

おクニの世話には…

国会では、例の菅首相の「日本学術会議」の任命拒否問題で持ちきりだが、気になったのは首相が「国から十億円も支給しているのだから」といった趣旨の発言をしていること。特定の六名の学者をなぜ排除したのかはっきりしてもらいたいのはもちろんだが、それいじょうに「税金を使っているのだから言うことをきけ」といった態度に危険性を感じる。昨年我々美術界で大騒動になった「あいちトリエンナーレ2019表現の不自由展――その後」の事件(名古屋市長から「公費で行なわれるべき展覧会ではない」というクレームがついた)ともよく似ている。

税金を使っているという点では、菅首相以下国会議員とて同じである。いつも真新しい背広にバッチをつけて威張っているが、あれはみんな国民の血税で買ったものである。どこに行くのにも乗っている黒塗りのSPつき自動車や、高級住宅地にある高い塀の邸宅も、みんなお金の出どころは「税金」である。「一般労働者の何倍もの給料をとっているあなた方には、もうちょっと国民を安心させる答弁をする責任と義務があるんじゃないか」といいたいのは国民のほうではないか。

だいたい、「日本学術会議」に十億円しか補助していないケチぶりにはおどろいた。しかも、その半分は事務経費等に消え、会議の学者さんにはせいぜい年間八万程度の手当てが支払われるくらいだという。政治と一定の距離を保ち、学者が日頃から自由な立場で研究し追求している「学術成果」は、ある意味政府が通常得ることのできない最大級の基礎資料である。そうした研究成果をもとに、国は内政、外交、防衛等の政策を練り、国民が安心して暮せる生活環境を築き上げるのが仕事なのである。

自慢じゃないが、私の営む「無言館」はいわゆるおクニの助成金や公的補助を一銭ももらっていない。私はどうもおクニの世話になるのがイヤなのである。苦しい経営状況を考えれば、多少なりとも公的援助をうけたほうがラクになることはわかっているのだが、民間の方々からのあたたかい寄付金には縋《すが》っても、絶対におクニの助けなどうけるもんかといったエエカッコシイがあるのである。

そこには、「無言館」がいわゆる一般の美術館とはちがって、戦争中の国策によって戦場に駆り出され戦死した画学生の美術館であるという特殊性が関係しているだろう。戦後七十余年、かれらの絵を守り通してきたのは画学生のご遺族たちであり、今現在この美術館を支えてくれているのも、「二度と戦争を起してはならない」と願う民間有志の力なのである。いってみれば「無言館」は、何でもない市井の人々の手によって営まれているところに存在意義があるのである。

そこにおクニのお金がいくらかでも注入されて、時の政府から

「恋人や奥さんの絵ばかりじゃなく、もうちょっと勇壮に戦場で戦っている若者の絵を飾ってもらえないか」

なんて注文がきたらたまったもんじゃない。自分が死んだアトのことは知らぬが、私の生きているうちは「無言館」は徹底的なおクニ嫌い、痩せ我慢の美術館でありたい。

老兵は死なず？

コロナ不況とならんで、いま中小企業主を悩ませているのは後継者不足だという。とくに老舗といわれるような歴史のある会社や店であればあるほど、創業者である社長も高齢化、将来を託す若い「跡継ぎ」がみつからず、ついには閉業に追いこまれるケースまであるという。

もちろん社長に有能な長男がいたり、才媛の長女がいたりすればべつだろうが、そうした「身内」がかならずしも創業者の意向に添った経営をしてくれるとはかぎらないし、だいたいその職業に合った経営能力をもっている人物とはかぎらない。息子に会社を継がせたら急激に業績が悪化し、たちまち倒産しちまったなんて話もよくきく。世の経営者は、あれやこれや考えて眠れぬ夜を送っているのである。

わが美術館だって同じだ。「無言館」をつくった私はもはや七十九歳、そろそろアト釜を用意せねばならない年齢なのだが、不徳の致すところで、そうした信頼できる相棒にこれまで出会ったことがない。とうとう「この人になら無言館の将来を任せられる」という人物に恵まれないまま、八十路目前となってしまったのである。

もっとも私の場合、こうした状況となったのは、だれのせいでもなく、自分自身に原因があることは知っている。相棒がみつからなかったのではなく、相棒をみつけようとしてこなかったのである。これまでにも何回か書いてきた気がするのだが、とにかく私は「相手を信用しない人間」なのだ。それは、この仕事を始めたのは自分であり、この組織の主役は今も自分なのだ、という断ちがたい自負というか、未練が心の底にあるからである。ことによるとそれは私だけじゃなく、各業界で自らの手で起業し、苦労してそれを育て、現在に至った「創業者」の多くがもつ一種の宿命なのではないか、とさえ思ってしまう。

だが、いつもいうように人間の命には限界がある。どんなに卓《すぐ》れた志のもとに仕事を始めた「創業者」だって、永遠に生きているわけにはゆかない。いつかはだれかにリーダーの座を譲り、仕事を受け継いでもらわなければならない。老兵は去りゆくのみ、という譬《たと》えの通り、私もまたそろそろ、この「無言館」から去り新しい経営者を迎えなければならない時期がきていることはたしかだろう。年貢の納めどき、とはこのことで、私は自分が「無言館」をつくったとか、何十年も館を運営してきたとかいった自信や誇りをきれいさっぱり捨てて、荷物をまとめなければならぬときがきているのである。

ところが、だ。

そんな私がつい先日、一昨年コレクションを手放して閉館したばかりの「信濃デッサン館」を「残照館」と改名して再オープン、週末の三日間受付にすわることになって、周囲をびっくりさせているのである。館内に掲げられた「残りものコレクションにも注目してほしい」というメッセージが何やら哀感をさそうが、それにしても執念深いというか何というか、これほど往生際の悪い美術館はこの世にそうないだろう。

言い訳する紙数がないので止めるけれども、老兵は死なず、という古い譬えがあったこともお忘れなく。

「流行」ギライ

とにかく、私は「流行」ギライである。どんなに好きな歌でも、本でも、それが「ベストセラー」になったり、「ブーム」になったりしたら、たちまち好きでなくなる。案外世の中には、私のようなヒネクレ者も多いんじゃなかろうか。

「流行」するには、かならずそこに「商業的に成功させる」力が加わっているはずである。歌であれば、テレビや劇場でヒットさせようとするプロデューサーの力が働くし、宣伝にも多額のお金が使われ、その結果として多くの大衆がその歌を知り、口ずさむようになる。「流行」ギライというのは、どうやらそうした「流行」が、（すべてそうではないにしても）だれかの手によって誘導されていることへの抵抗であるといってもいいだろう。

というわけで、私は「鬼滅の刃」にも「半沢直樹」にも「タピオカ」（ちょっと古いか）にも関心をもたずに生きている老人だが、ぎゃくに一向に「流行」に乗れず（売れず）、あまり世間の耳目をあつめていない物事には、自然に心を寄せる性格をもっている。売れない無名の役者とか、客のこない今にもつぶれそうな飲み屋とか、人気《ひとけ》のマバラな観光地なんかが好きである。昔河島英五さんが「時代おくれ」という歌をうたっていたが、何となく時代から取り残されたような人物や場所に惹かれるのである。

美術の世界でも、私はとびきり「流行」ギライのコレクターである。

私が美術作品のコレクションをはじめたのは、まだ二十歳をちょっと出た頃のことだったが、私はその頃から「有名画家」や「売れっ子画家」には興味がわかず、どちらかといえばあまり世に知られていない画家、それも二十歳とか三十歳とかで若くなった「早世画家」ばかりを追いかけるコレクターになった。収集をはじめた頃、まだ村山槐多や関根正二といった画家は「知る人ぞ知る」といった存在の画家たちであり、銀座の画廊なんかに行ってもめったに並んでいなかった。よほどの絵好きでないかぎり、槐多や正二の名を知っている人は少なかった。

ところが、何年かするうちにそうした画家の名がだんだん知られるようになり、たまにオークションに出品されたりすると、とんでもない高額な値がつくようになった。皮肉なことに、私が自分で早世画家たちのことをあちこちの雑誌に書いたり、テレビで紹介したりしているうちに、しだいにかれらの名が世の中に知れ渡るようになったのである。

そうなると、「流行」ギライの私の心境はふくざつである。

好きな画家の絵が有名になって高くなるなんて、そりゃ幸せなことじゃないかといわれそうだが、私はやはり無名だった頃の村山槐多や関根正二が好きなのだ。だれにも知られず、自分だけがかれらを愛しているというひそかで甘美な歓び。有名になろうと無名のままであろうと、私にとってかれらの絵の魅力は変らないのだから。

ただ一つ悩ましいのは、時々美術館に持ちこまれてくる好きな画家たちの絵が、今や私の身分ではとうてい手のとどかない価格になっちゃったこと。

「演歌」なつかし

Jポップやkポップの勢いにおされて、近頃サッパリ「演歌」は元気がない。今回の「紅白」の出場者をみても、演歌歌手はほんの三、四人くらい。私はとくべつ「演歌」ファンというわけではないのだが、やはり若い頃は歌謡曲全盛の頃に育った世代なので、何となくテレビやラジオから「演歌」(「艶歌」とも「怨歌」ともいうらしい)が流れなくなったのはさみしい。

もっとも、今や鉄道の高速化やIT、スマホの普及によって、「演歌」の作詞者は大変苦労しているそうだ。時速三百キロで走る窓の開かない新幹線では、「哀愁列車」や「赤いランプの終列車」なんて気分にはなれないし、「お別れ公衆電話」なんてきいたって若い世代には？だろう。「演歌」だけではなく、「演歌」で歌われる男女の別れや出会いそのものも消滅、変質しつつあるのである。

それにしても、どうしていつまでも、「演歌」の世界はああしたドロドロした男女関係ばかりなのか。

男女平等、LGBTの存在が当り前になった世の中に、「着ては貰えぬセーターを寒さこらえて編んでます」(「北の宿から」)だとか、「こんな私でいいならあげる何もかも」(「大阪しぐれ」)なんて歌詞は、上野千鶴子さんやハリス次期米国副大統領がきいたら腰をぬかすような歌詞だろう。今時「着てくれるアテのないセーターを編む」女性や、「そんなにいい女じゃないけど可愛がって」なんて懇願する女性がいたら、お目にかかりたいものだ。

ただ、こうした不平等で不条理な世界は、何も「演歌」ばかりにかぎったことではない。ちょっと前に、大阪府の女性知事だったかが「大相撲の土俵に女性があがれないのはおかしい」とクレームをつけたことがあったが、今もって「土俵にあがれるのは男性にかぎる」というのが相撲社会の鉄則だし、逆に「宝塚」歌劇団は男性ご法度が伝統、歌舞伎の女形《おやま》同様、かつて安奈淳さんや鳳蘭さんの男役にウットリとした「ベルバラ世代」も多いはずだ。私たちには、その世界がもつナンセンスな約束ゴトを承知の上で、舞台上の歌声や演技に魅了される感受性があるのである。

「演歌」の話にもどるが、現代にも残っている「演歌」の題材といったら、「酒」と「故郷」ぐらいなものだそうだ。いくら時代が変わっても、人が酒で孤独をまぎらしたり、都会から遠い「故郷」を思う気持ちは今も同じようで、吉幾三さんの「酒よ」や、千昌夫さんの「北国の春」は、そのうちでも名曲に入る。だれの歌かは思い出せないが、「未練酒」とか「夫婦《めおと》酒」とかいった歌もあった気がする。

私が青春真ッ只中だった頃に大ヒットした歌に、井沢八郎さんの「ああ上野駅」があったが、今の上野駅にその面影はない。「就職列車」はとっくに死語だし、「駅の時計をみていたら母の笑顔になってきた」いう大時計もどっかへ消えてしまった。

だが、「上野はオイラの心の駅だ」と歌った人たちが、戦後の日本をささえた大いなる働き手となったことは周知の通り。私のようにいつまでも「演歌」をなつかしむのは、そんな昭和への郷愁があるからだろう。

原稿用紙を買う

明治から昭和にかけて活躍した彫刻家平櫛田中《ひらぐしでんちゅう》は、何と百七歳という高齢で没するまで現役を貫いた木彫家だったが、亡くなったときアトリエにはまだ十年分くらいの木彫の材料が買いこまれていたという、どうやら当人は、アト百十七歳くらいまでは制作にうちこむ気持ちでいたらしいのである。

そんな稀代のスーパー長寿彫刻家平櫛田中といっしょにするわけにはゆかないが、私も最近二千枚の原稿用紙を印刷屋さんにつくってもらった。手持ちの原稿用紙（名前の入った自分専用のもの）が少なくなってきたからだが、注文するときに一千枚にするか二千枚にするか、少し迷ったすえに二千枚注文することにした。二千枚あれば、長篇小説が最低二つ、三つくらいは書けると思ったからだが、いざズッシリと重い原稿用紙の束が届いてみると、現在七十九歳の自分に、これだけの分量の文章が書けるかな、と不安になってきた。つまり、それだけ生きていられるかな、といった気持ちになったのである。

パソコンのできない私は、いつも手書きで原稿を書くのだが（今や絶滅危惧種！）、短いエッセイであれ長篇であれ、書き出すときに眼にする白紙の原稿用紙は太平洋のように広くみえる。これからこの空白を自分の言葉で埋めてゆかねばならぬのかと思うと、足がすくむというかペンがすくむというか、まるでこれから果てしない航路に向かって帆を張るヨットマンになったような気分になり、はたして目的の港まで無事に着けるだろうかと心配になってくる。

ふつう原稿用紙といえば四百字詰めだが、二百字詰めというのもある。短文や詩は二百字詰めに書き、長い文章は四百字詰めでという物書きが大半だろうが、かの「遠野物語」で知られる民俗学者柳田國男は、メモ用紙のような二、三十字詰めの特製用紙を使っていたそうだし、変りダネでは、「海と毒薬」や「沈黙」を書いたカトリック作家遠藤周作は、何とわざわざ原稿用紙のウラに細かい字で原稿を書いていたという。ウラに書くんだったら広告のウラでもいいんじゃないか、と思ったりするのだが。

それと、私が生前ご指導いただいた大岡昇平先生の原稿は、あちこち「吹き出し」（原稿用紙のマス目の外に風船のようなワクをつくって訂正や追加の文章を入れること）だらけで、他にも消したり書き直したりしているところがたくさんあって、お世辞にも読み易い原稿ではなかった。ところが、字数をかぞえてみるとピッタリ一枚四百字に収まっていて、ベテランの編集者もびっくりするほど正確だったというのだ。大岡先生ほどになると、おそらく万年筆の先に「万歩計」でも装備していたのではないか、などと想像したくなる。

さて、机の上の二千枚の原稿用紙の「太平洋」を前にして、今まさに私は長い船旅に出る船乗りの心境にあるのだが、まずは健康第一、これからの執筆に耐え得るだけの体力気力を養なわなければならない。それより何より残りの人生の時間を使って、いったい自分はこの白紙の原稿用紙に何を書けばいいのか、何を書きたいのか、と腕を組む日々なのである。

「肩書き」について

おかげさまで今春、私のような半人前の物書きにも「全集」を出してもらえることになった。これまで書いてきた評論、エッセイ、小説などの作品を「窪島誠一郎コレクション」全五巻という形で出版してもらえることになったのである。出版元は、以前から何冊も私の本を手がけてくださっている「アーツアンドクラフツ社」。

そこでふと気付いたのは、自分の「肩書き」がいかに煩雑でハチャメチャであるかということ。「窪島誠一郎コレクション」の宣伝文には、「コレクター・美術館主・また作家、評論家として美術に携わった半世紀におよぶ仕事の集大成——」といったキャッチコピーが冠されている。冷や汗が出てくるような文章だけれど、べつにウソが書いてあるわけではなく、これが私のやってきた仕事の「全貌」であることはたしかなのだが、それでは自分の本当の「肩書き」は何なのか。

私はふだんから名刺を持たない人間なのだが、もし名刺をつくるとしたらどんな「肩書き」にすべきかなどと考える。

一番心が落ち着くのは、(この連載の「肩書き」もそうだが)「無言館館主・作家」である。「無言館」の設立者であり、その法人の代表理事でもあるわけだから「館主」を名乗るのは自然だろうし、これまで曲がりなりにも百冊近い著書を出していることを思えば、「作家」と名乗ってもバチは当たるまい。やはりこの二つの「肩書き」がならぶのが、社会的にも最も適当なのではないかと思う。

しかし、本心を明かせば「肩書き」は一つであることに越したことはない。時々雑誌や新聞に文章をのせている同業者の「肩書き」が、「作家」とか「画家」とか一つだけぽつんと記されているのをみると、たまらなく羨ましい。ともかくスッキリしているし、その人の人生がいかに真っすぐな道を歩いてきたかの証明でもある気がする。最近は「エッセイスト・精神科医」だとか「画家・タレント」だとか、二刀流、三刀流の人も多くなっているようだが、何といっても「肩書き」は一つがいいな、というのが私の感想なのである。

五刀流（?）の私はこんなふうにも思う。

がんらい、矛盾と怯懦《きょうだ》にみちている人間に、総称としての「肩書き」なんてあり得ないのではないか。名刺の「肩書き」はあくまでも世の中を渡るための職業の業種名であって、その人の生きる姿、生きてきた姿をあらわしたものではない。たとえ「肩書き」が大会社の社長であっても、あるいは名も無い市井のヒラ社員であっても、それはその人自身の「人格」や「人間」を伝えるものではないからである。

ただ、一つ気にかかるのは、いくつもの職業名をもつことは、ある意味それぞれの職業が互いの仕事を補完し合い、もたれ合い、時としては弁護し合う可能性をもつということだ。「作家」の仕事で果たせない目標を、あるいは満足できない自己表現を、もう一つの仕事でカバーするという甘えが生じはしないかという畏《おそ》れをもつのである。

「収集家」「美術館主」「評論家」「小説家」……どれ一つとして「お山の大将」の域を出られなかった私自身への戒めでもある。

ブラックジャック讃

人には小さい頃からアダ名で呼ばれるタイプの人と、アダ名の付かない人がいるときいたことがある。私は小学生時代からなぜかアダ名を付けられたことがなく、いつも周りの仲間から「クボシマ」とか「クボシマ君」とか実名でしか呼ばれない男だった。

だが、成人してから（かなりの年齢になってから）、何種類ものアダ名を頂戴するようになった。アダ名といっても、人前でそう呼ばれるのではなく、「××に似ている」「○○にそっくり」といった具合に、酒の席や雑談の場で話題にされるという程度なのだが、たとえば一時期「ゲゲゲの鬼太郎」とか「座敷童子《わらし》」に似ているといわれたことがあった。上田に美術館をつくった三十半ば頃、私はいつもボサボサ頭で、チャンチャンコを着て素足で下駄というスタイルだったからである。

「鬼太郎」も「童子」も、たしか命名者はドラえもんの声で有名な女優の大山のぶ代さんだったと思うのだが、彼女は私と会うたびに「鬼太郎ちゃん」とか「座敷童子ちゃん」とかいってからかう。いわれてみれば、一世を風靡した水木しげる先生の「ゲゲゲの鬼太郎」も、東北地方に伝承される妖怪の「座敷童子」も、何となく私の風貌に似ているので、大山さんには文句がいえなかったのだが。

また、先年百歳で亡くなられた日本画家堀文子先生は、私のことを「風の又三郎」と呼んでいた。私の姿かたちもさることながら、どこからかふっと現れてふっと帰ってゆく姿が、宮沢賢治の童話に出てくる「風の又三郎」そっくりだというのである。先生には一枚くらい記念に「風の又三郎」の色紙でも描いてもらいたかったと思うのだが、今となってはもう遅い。

そんな数あるアダ名のなかでも、当人の私が一番気に入っているのは手塚治虫先生の「ブラックジャック」である。これは私の独特の髪型と、いつも黒っぽい洋服やコートを身につけている姿からだと思うのだが、じつは私は以前から「ブラックジャック」の大ファンだったので、だれかから「ブラックジャックみたいですね」といわれたときには、思わずニンマリしてしまった。

姿や容貌はともかく、ブラックジャックが無免許の医者であるというのがカッコイイ。しかも医者としての腕は超一流なのに、手術に当っては莫大な治療費をふっかけるいう悪ラツ医師でもあるというのもイイ。天使と悪魔、温情とアンモラルの共存、ああ自分もこんなふうに生きたいなと思わせてくれる理想の人間像なのである。

考えてみると、私もブラックジャック同様、無免許の人生をあるいてきた男である。高度成長期に水商売で稼いだことはあちこちに書いてきたが、あれも調理師免許などもたないシロウト酒場経営だったし、その後転じた美術館建設もまた専門知識一切ナシの美術界への乱入だった。高校ビリケツ出の私は、大学で美学を学んだわけでも学芸員資格をとったわけでもない単なる絵好き男、何もかもがブラックジャックだったといえるのである。

でも、本物のブラックジャックには、ピノコという小っちゃな女の子の助手がついていた。私にもあんな可愛い助手がほしかったな。

詠《よ》まぬ人、歌わぬ人

「無言館」の来館者には俳句や短歌をたしなむ人が多い。時々館に展示されている画学生の絵をテーマにした句集や歌集を送ってこられる方がいる。画家への夢半ばで戦場に斃《たお》れた若者たちの遺作を前にして、多くの人たちが自らの心にこみあげる感情を俳句にしたり短歌にしたりしたくなるのは、ごく自然な欲求であるといってもいいだろう。なかには、「無言館」を訪れたときの感想や感慨を一冊のエッセイ集や詩集にして送ってくださる方もいる。

来館者のそうした感情の噴出は、文芸作品だけに表れるわけではない。館内で絵を鑑賞したあと、受付に「画学生さんに歌を捧げたい」と申し出て、前庭にある慰霊碑にむかってソプラノを披露されたり、朗々と詩吟をうたったり、変ったところでは尺八を吹いてゆく人もいる。拝聴するに、なかにはプロ級の人もいるようだが、大半はアマチュアの人ではないかと思う。とにかくそんなふうに、「無言館」に来館された人のなかには、そこで味わった感動を自分自身の「表現」にしたいと欲する人たちが多くいるのである。

しかし、来館者のほとんどはそうした感想を一コトも語らずに館をあとにする人たちである。出口そばに置いてある感想文ノートにも一行の言葉も書きのこさず、俳句一つ短歌一つのこすことなく帰途につく人たちである。つまり、大多数の来館者は、(「無言館」という館名にふさわしく?)だれもが沈黙の人となって館を出てゆくのである。

そして、館主である私の心を一番充足させるのは、そんな無言のまま「無言館」の坂を下りてゆく人たちの背中を見送るときなのだ。

　よく来館者から「なぜ無言館と命名されたのですか」ときかれることがあるが、私は大抵二つの答えを用意している。一つは「画学生の作品は何も語らないけれど、観る者に無数の言葉を投げかけてくるから」であり、もう一つは「初めてかれらの絵を前にしたとき、自分には何も発する言葉がなかったから」という答えである。しかし、用意しているという言葉が示すように、この二つが真の「無言館」の命名理由かと問われると自信はない。本当のことをいえば、私は「なぜ無言館という名を付けたのか」という問いに対しても、今もって無言でありつづけるしかない男なのである。

　生前親交のあった文芸評論家の秋山駿先生があるインタビューで、「大切なのは誰も読んでくれない言葉を書くのは何かということなんだ。それが日本には欠けている。言葉は社会性だけじゃない。自問自答の、自分一人だけの言葉がある」と語られていたことを覚えているが、私も深く共感する。

　もう五、六年前になるが、私は思い立って「無言館」にのぼる坂道に「自問坂」という名を付け、第二展示館の入り口近くにその名を刻んだ石を置いた。気付かずに帰る人も多いようだが、「無言館」は詠まぬ人、歌わぬ人たちの美術館でもある、ということを知ってもらうための碑石である。「戦争のこと」「命のこと」「自分のこと」、何一つ言葉にせずに（出来ずに）帰る人の後ろ姿が私は好きだ。

パンデミックの作家たち

一昨年長野県に譲渡した「信濃デッサン館」(現在の「残照館」)のコレクションは、いわゆる夭折画家といわれる村山槐多、関根正二ら大正期に二十二歳、二十歳で亡くなった画家の作品が中心だったが、じつは二人とも一九一九年頃世界じゅうに蔓延した流行性感冒(「スペイン風邪」ともよばれたインフルエンザ)に罹って死んでいる。今から百年前のことだからロクな治療法もワクチンもなく、何と世界で四千万人、日本だけでも人口の〇・八%にあたる四十五万人もの人々が命をおとした。オーストリアの天才画家エゴン・シーレが二十八歳の生涯をとじたのも「スペイン風邪」が原因で、身籠っていた妻もこの病気の犠牲になったという(因みにシーレの作品も私は何点か所蔵している。エヘン)

では、そのパンデミック下の画家たちは、どんな仕事をのこしたのか。たとえば村山槐多は死ぬ直前まで酒と煙草と恋におぼれ、日記で「死にたい」を連発、しかし最後の命を燃やすように描き上げた「松と榎」「自画像」などの作品で日本美術院賞を受賞する。

関根正二も同様で、現在大原美術館にある不朽の名作「信仰の悲しみ」で樗牛賞を受賞し、さらに「慰められつつ悩む」(所在不明)の制作に立ちむかうのだが、その途中でついに息絶えた。この関根正二の芸術もまた、絶望的な疫病の時代でなければ生まれなかった作品ではないかと思う。

ついでにあげておくと、当時の「スペイン風邪」にたおれた演出家に島村抱月がおり、翌年恋人だった女優松井須磨子が三十四歳で跡追《あとお》い自殺をとげている。また、「伸子」や「播州平野」などで知られる作家宮本百合子も、コロンビア大学の聴講生だった頃、滞在先のニューヨークで罹患し、異郷で孤独な入院生活をおくったという。

私の好きな永井荷風は、しょっちゅう微熱があったり体調不良だったりしながら、あちこち徘徊していた風狂作家だが、やはり大正八、九年頃は「スペイン風邪」にやられ、日記文学の逸品「断腸亭日乗」のなかで、そのあたりの憂うつな日々をつづっている。もっとも、八十歳で死ぬまでほとんど健康なときなどなかった荷風だから、どこからどこまでが「スペイン風邪」の症状だったのか、今一つはっきりしないが。

それと、かの菊池寛や与謝野晶子が現在の新型コロナと同じように、「スペイン風邪」を非常に怖れ予防に専念していたというのは少し意外だ。

菊池寛は、まだマスク着用が一般的でなかった時代、外出時にはいつもマスクをつけ、ついには小説「マスク」を発表、マスクをしているのが「照れ臭くなる」心境や、街なかで一人「黒マスク」をしている青年を見つけ不快になるといった心理をえがいている。女性解放のトップランナー与謝野晶子が「感冒の床から」に書いたつぎのような訴えは、百年経った今でも通用しそうな示唆と教訓に富む。

「政府はなぜ逸早くこの危険を防止する為に、大呉服店、学校、興行物、大工場、大展覧会等、多くの人間の密集する場所の一時的休業を命じなかったのか。（略）社会的施設に統一と徹底とが欠けている為に、国民はどんなに多くの避らるべき禍を避けずにいるか知れません」

「嘘つき誠《セイ》ちゃん」

あまり自慢になる話ではないが、私は小さい頃からよく嘘をつく子だった。小中学校では「嘘つき誠ちゃん」とよばれた。

嘘の内容は単純で、大抵「自分を良くみせたい」「お金持ちの子にみせたい」という嘘だった。たとえば、実際は親子三人がオンボロ三畳間に寝ている靴の修理職人の家なのに、「家には庭があって大きな玄関がある」と吹聴してあるいた。あれは小学校四、五年の頃だったか、担任の女性教師が図画の時間に、「おウチにホウズキの木のある人はいる?」ときいたので、ハーイと手をあげたらそれが私一人で、ついにクラスじゅうの子が画板をもって私の家にホウズキを描きにくることになった。母親が平謝りに先生に頭を下げていたのを覚えている。

とにかくあの頃、一日の食事にもコト欠く貧乏生活を友だちに知られるのがイヤで、私は「ウチの親はお医者さん」だとか、「このあいだマツダのファミリア(当時人気があった小型自動車)を買った」だとか、すぐにバレるような嘘をよくついた。ふしぎなもので、一どそうやって嘘をつくと、本当に自分が医者の子のような気がしてきて、ついている嘘がどんどん大きくなってゆくのだった。

戦時中に離別していた父親の作家水上勉氏と、戦後三十余年経ってから再会したとき、私は自分の幼い頃からの「嘘つき」はこの人からの遺伝だったんじゃないかと疑った。父親は「嘘を書けない者には真実も書けない」という作家で、その虚実ないまぜのなかに庶民の哀歓をあぶり出した稀代の直木賞作家。たしかに父の代表作「雁の寺」や「越前竹人形」や「越後つついし親不知《おやしらず》」などを読むと、だれもが親子の情愛や男女の純愛に涙をぬぐうのだが、実際の父親はといえば、妻子と別居してあちこちで浮き名をながすイケメン文士だったことは周知の通り。

ただ、自分の浅はかな「嘘つき」の元凶が、すべて日本文学界に巨跡をのこした文豪からのDNAだったなどといっているのではない。同じ嘘でも嘘のレベルがちがう。私の「嘘」は自らの劣等感からの逃避であり、出自への不安からくる孤独の処理であり、同時に「将来こうありたい」という切実な願いからきた産物でもあった気がする。早や父親が没した八十路に近い老齢となった私は、今頃になってそんな自分の「嘘」の暦を、何とか塗りかえたいと必死なのである。

現在経営している「無言館」だって、戦後の経済繁栄のなかで「物カネがすべて」と言い放ってきた自分に対する禊《みそぎ》の一つのような気がしている。こうやってあちこちの文章に「人間の本当の価値は社会的な身分や財力で計れるものではない」なんて書いているのも、裏を返せば、幼少期から貧しい靴修理職人の養父母を足蹴《あしげ》にして生きてきた自分に対する嫌悪感の表われといってもいいのだろう。私は今の仕事を、何とかして「ウソから出たマコト」にしたいのである。

以上、私の小さい頃の嘘より何倍も稚拙で救いがたい政治家たちの虚偽答弁をききながら、わが幼い日々をふりかえる「嘘つき誠ちゃん」の現在の心境である。

第5章
「無言館」の庭から③
「残照館」の夕陽

茄子
小野春男（1943年中国湖南省で戦死／享年26）

遺族の肖像②——絵を手渡さなかった人たち

いつのまにか「無言館」が開館して二十三年が経つ。当然ながら、館に遺作や遺品を寄託してくださっているご遺族とのお付き合いも、二十三年間のうちに親交が深まり、折にふれてお手紙や地元の名産品をお送りいただいたりする方々もいるのだが、いっぽう、最初に作品をお預かりしたきりめったにお目にかかる機会がなくなったご遺族もいたりして、その関係には濃淡が生じている。それとやはり、ごく最初の頃に作品をお預けいただいたご遺族と、いくらか「無言館」の名がマスコミ等によって人口に膾炙される存在になってから作品をご持参してくださった人たちとでは、何となくその関係に温度差があるのである。

これまで何ども書いてきたように、わが「無言館」が上田市郊外の丘の頂に誕生したのは一九九七年五月のことで、具体的にその準備作業というか、私が全国各地に散らばる戦没画学生のご遺族宅を訪問し、画学生の遺作や遺品を収集しはじめたのは、その約三年半ほど前からである。当時は「戦後五十年」がすぐそこに迫っていた頃で、画学生のご両親はすでに鬼籍に入られていたものの、ご兄弟ご姉妹、あるいは学生結婚していた画学生のご子息や娘さんはほとんどが健在だった。当初「今頃になって全国を歩いたってそんなに遺作は集まらないだろう」とタカをくくっていた私の予想に反して、北は北海道江別、南は九州鹿児島県にいたるまでのご遺族訪問を重ねるうち、思いがけず計三十七遺族の方々から八十七点もの作品が寄せられたのは、ひとえにそうした「戦後五十年絵を守りつづけてきた」ご遺族がまだ元気でおられたからこその収穫であったろう。

そして、強調しておきたいのは、こうしたきわめて初期段階にお会いしたご遺族たちは、まだ具体的に「無言館」の建設がはじまっていない頃の協力者であったということだ。あの頃、私の頭のなかには「戦争で亡くなった若者たちの絵をこのまま霧散させてはならない」という気持ちはあったものの、その絵を展示する「無言館」なる慰霊美術館をつくるなんていうプランはこれっぽっちもうかんでいなかった。収集した遺作はその当時経営していたオンボロ私設美術館「信濃デッサン館」の一隅に、せいぜい一坪か二坪の戦没画学生専用のコーナーでもつくって、そこで日替り月替りで何点かずつ紹介してゆけばいいといった程度の、甚だ消極的な計画しか頭になかった。それでなくても日々借金に追われきゅうきゅうとしている「信濃デッサン館」以外に、もう一つ美術館をつくるだなんて考えはみじんもなかったのである。

つまり、そんな将来の見通しのまったく立っていない、おまけにどこの馬の骨ともわからない(それは今も同じだが)一介の美術収集家の、「戦死したかれらの作品をこのままにしておくわけにはゆかないのです」といった一言にホダされて、それまで後生大事にしてきた亡き画学生の絵を私に託してくれたのが、いわゆる初期にお訪ねしたご遺族たちなのだった。そうしたご遺族たちの亡き画学生への哀惜の思いと、とつぜん姿を現した名も無い小美術館主の私に対する、きわめて漠然とした期待が、やがて「無言館」なる美術館が現実に誕生する原動力となったことはたしかなのである。

したがって、(あまり感心したことではないけれども)私にはどうしても、二十六年前に自分が全国行脚をはじめた頃出会ったご遺族たち(もはやそのほとんどは亡くなられたが)を、どこかでエコヒイキしてしまう傾向があるのだ。まだ現実に上田の丘に「無言館」の「無」の字も存在しなかった頃に、私という馬の骨を信じて作品を預けてくださった方々と、その後「無言館」ができて新聞やテレビで時々紹介されるようになってから名乗り出てきてくれた方々とを、無意識のうちに区別している自分がいるのである。

もっとも、開館二十三年をむかえた現在、画学生百三十名、展示作品百七十七点、収蔵作品(修復の必要や展示スペース等の関係で館内には展示されていない作品)約六百点にもふくれ上った、さながら荒波にうかぶ積載量オーバーの難破船といった状況にある「無言館」を支えてくれているのは、すでにその多くが他界された初期のご遺族に代って登場した新規のご遺族たちであり、寄付あつめや基金への協力に走り回ってくれているのも新しい世代の方々なのだ。なかには直接的に戦死した画学生とは血縁をもっていないにもかかわらず、マスコミの報道で知った「無言館」

の趣旨に賛同し、難破船への燃料を補給してくれる方々が全国にたくさんおられる。今の「無言館」の運営は、そうした外野席ファン（？）とでもいうべき理解者の手で成り立っているといっても過言ではないだろう。にもかかわらず、依然として私にとっては、二十六年前まだ「無言館」が海のものとも山のものとも知れなかった当時、私を励まし、館建設にむかって背中を押してくださったご遺族たちは、忘れようとて忘れられない特別な存在でありつづけているのである。

かといって、私が出会った初期のご遺族のぜんぶが私を信用し、二つ返事で作品の寄託を承諾してくれたわけではない。前回の章にも登場した種子島出身の故日高安典のご兄弟や、故川崎雅の妻文子さん九十七歳や娘さんの千鶴さん、あるいは百三歳になられる今日まで、陰になり日なたになり物心両面で応援してくださっている故近藤隆定の妻吉野初枝さんといった方々のように、初対面の私を最初から自分の身ウチのように信じ、何もかもを私に預けてくださった人ばかりだったというわけではない。

これはアトから知ったことだが、ご遺族のなかには何らかの形で、「戦没者の遺族」であるがゆえに詐欺まがいの被害に遭われている方々が多くいた。「同じ部隊の戦死者の慰霊碑をつくるので寄付してほしい」とか、「美校の同級生が今度戦死した仲間の記念画集を出すことになったのでご協力を」とかいった手紙をうけとり、遺族はそのたびに貯金をはたいて送金し、けっきょくその後相手からはナシのツブテといった苦い経験を味わっておられたのである。

だから、ある日とつぜん聞いたこともない信州の小さな美術館の主《あるじ》が訪ねてきて、「戦死した息子さんの絵を預らせてほしい」と懇願されても、そう簡単に絵を手放そうとしなかった人も多かったのだった。何ども過去に「戦死者の遺族」としてイヤな思い出をもたれている人々にしてみたら、「これは息子の絵を騙し取る新手の詐欺かもしれない」という警戒心を抱いても当然のことだったろう。

そして、ご遺族たちが私の申し出に不信感を抱いたのは、「なぜ個人で全国を歩き画学生の絵をあつめているのか」という素朴な疑問に対してであった。私が「戦死したかれらの絵を保存したいのです」、「自分の美術館に飾って多くの人に観てもらいたいのです」と熱っぽく語れば語るほど、遺族の疑問は深まった。いくら絵の好きな美術館主であっても、画学生の絵はまだ未熟な画家のタマゴの作品である。そんな無名画学生の絵を美術館で展示するために、だれの援助もうけず、全国各地の遺族宅を手弁当で何年間もかけて訪ね歩くだなんて、あまりに出来すぎた「美談」ではないか。この話には、きっと何かウラがあるんじゃないか。

そう、二十六年前に全国を歩きはじめたとき、私が多くのご遺族の視線のなかに感じたのは、私がその仕事を「個人」でやろうとしていることへの不信感というか、疑念に近い感情だったのだ。

これは東北にお住まいのあるご遺族の言葉だったが

「ウチの弟はおクニの命令で戦争に征って死んだんです。弟の絵を展示してもらうのなら、やはりおクニの美術館以外に考えられません。クボシマさんには失礼ですが、とても民間の一私人であるあなたに弟の絵を手渡す気持ちにはなれないんです」

私はその言葉の前に、悄然とうなだれるしかなかった。

また、こんなふうに言うご遺族もいた。

「クボシマさんは否定されるでしょうが、けっきょくあなたがなさっていることは、あなた自身を満足させる行為、いってみればあなた自身の戦後処理なんだろうと思うんですよ。私たちはそんなあなたの個人的な事業のために、大事な親族の絵を利用されたくないんです」

反論したいことはヤマほどあったが、私はグッとこらえた。

尚も遺族は言う。

「私たち遺族が、戦後五十年のあいだ、戦死した身ウチの絵をこんなふうに守りぬいてきたのは、いつかおクニの人たちから、つまり文科省あたりから遺作を引き取りにきてくれる日がくると信じているからなんです。死んだ画学生にとっては、のこした絵が唯一の命の証《あかし》です。のこされた絵はかれらの遺骨と同じなんです。遺族としては、シベリアの抑留者の遺骨調査と同じように、画学生たちの絵の骨をおクニの人が拾いにきてくれる日がくると信じて、今日までかれらの遺作や遺品を守りつづけてきたんです」

言葉の端々に表われているのは、戦死した身ウチの画学生がもっていた才能に対する尊敬と誇りである。「ウチの弟（兄）は生きていれば歴史に名をのこす大画家になっていたはず」という確信である。そうした前途ある若者を見殺しにしたおクニが、このままかれらの作品を放置しておくわけはない。いつかかならずおクニの手で、千鳥ヶ淵か北の丸公園のそばに立派な慰霊美術館が建てられる日がやってくる、遺族は本気でそう信じているのだった。

私はひそかにつぶやく。

いくら何でもそりゃないぜ。もちろんムリヤリ戦争に駆り出されて、画家への夢を断たれた無念は、当の画学生にとってても親兄弟にとってもいかばかりかと同情するけれど、べつにかれらがすべて天才だったわけじゃない。何どもいうように、かれらはまだ勉強途中の半人前の画家だったのだ。たしかにそうしたなかには、将来大成を予感させるような画学生がいないわけではなかったが（じっさい、「無言館」にはそんな期待を抱かせる画学生の作品が何点もならんでいるが）、ぜんぶがぜんぶ大画家を約束されていた人ではなかった。だいたい、親族のヒイキ目もいいかげんにしてもらいたい。かれらが将来ピカソや東山魁夷のような大画家になるからといって、私はかれらの絵を収集しようとしたわけじゃないんだ。かれらがあの戦争という時代のなかで、最後まで絵を描きつづけていたという「事実」を後世の人々に伝えたくて、全国を夢中になって歩きはじめた男なのだ。だいいち、五十年前に戦死した（戦死させた）若い無名の画学生の絵をおクニがあつめて、かれらの芸術を顕彰する美術館を建設するだなんて、これから何十年経ったって実現するわけないじゃないか。

だからこそ、こうやって一個人美術館主である私が、全国を歩いて画学生の遺作をあつめ、おクニにかわって（？）かれらの絵を収集し展示しようとしているんだよ。この気持ち、どうしてわかってくれないの？

だが、そんなふうに私の「無言館」に対してきびしい意見を投げつけた初期の頃の人々が、今になってたまらなく懐かしく得難い存在に思えてくるのはなぜだろうか。「無言館」がまだ建設もされず、宙をさまようような幻の存在だった頃、ストレートに真っ正面から自分たちの疑問を私にぶつけてきたあの遺族たちが、私にとって「無言館」にとって、どれほど大切な存在であったかを、今になって私はかみしめているのである。

「無言館」が現実に上田の丘に建設され、朝日新聞の名コラム「天声人語」に取り上げられたり、筑紫哲也さんや久米宏さんら人気キャスターによって報じられたりして、「無言館」がいわゆる「社会的信用」を得るようになってから、私はいつのまにか初めの頃にあびせられたあのご遺族の真情を、どこかで忘れがちになっていたことにも気づかされる。そんなふうに自分の仕事が世間にあたたかく遇されるようになればなるほど、私は開館当初に「あなたに絵を渡すわけにはゆかない」、あるいは「大切な故人の作品をあなたに私物化させるわけにはゆかない」といっていた方々の低く重い声が、はっきりと耳の底によみがえってくるのである。

逆にいうなら、私はいわゆる「社会的信用」を得てからの「無言館」のほうが、じつは本来の館の在りかたを見失ってしまっているのではないかという畏れを抱く。「本来の在り方」とは、画学生たちの作品を単に戦争犠牲者の遺品としてみるのではなく、かれらがあの戦争の時代を「絵を描くこと」によって生きぬいた一群の若者たちであり、「無言館」はその若者が生きた足跡を次の時代に伝える役目をもった施設であるという存在意義のことだ。「無言館」がマスコミ等の喧伝によって、あたかも「反戦平和」運動の橋頭堡のごとき扱いをうけるうち、しだいに当初のご遺族が希《ねが》っていた画学生たちの「画家としての人格」をどこかで軽視する美術館になっていった気がしてならないのである。

自分では意識していないことだが、いつのまにか「無言館」が社会的に認知され、館主である私があちこちに講演に招かれるようになり、多くの聴講者の前で「画学生の遺作収集の苦労」や「ご遺族たちとの交流」、そして「開館してからのよもやま話」などをして喝采をあびるうちに、私は「無言館」がもっていた原初の使命感というか、自分は何のために「無言館」をつくったのかという一番最初の出発点を見失ってしまったのではないか。遺族から「それは単なるあなたの個人的な戦後処理なのではないか」と糾弾されたとき、あれほど私の満身をふるわせた「自分は戦争の時代に最後まで絵筆を手放さなかったかれらの足跡を後世の人々に伝えたくて全国を旅したのだ」という思いは、いったいどこへいったのか。今や私は、まるで「戦争」を伝えるメディアの常套句である「戦死した画学生の無念」、「生きていれば失われなかった才能」というイメージに、すっかり協調同和している自分を発見するのである。

いずれにしても、私は「無言館」を営んでいるかぎり、この「画学生の人格」をとるか「戦争の伝承」をとるかという、単純にして重い命題に思い悩まなければならないのだろう。身から出たサビといってしまえばそれまでだが、思い悩んで思い悩んで、けっきょく私はどちらにもきちんと結論を出せないまま死んでゆくのかもしれない。

「あなたが自分でえらんだ仕事なんだから、せいぜい思い悩みなさい」

もう今は他界されているであろうあのご遺族なら、きっと雲の上からそんな言葉を投げかけてくるだろうな。

ま、それはともかく、今でも時々私は、絵を手渡してくれなかったイジワルなご遺族がお持ちだった何人かの画学生の作品を思い出すことがある。手渡してもらえなかったからよけいそう思うのだろうが、なかでも次にあげる二人の画学生の絵は、本来であれば「無言館」の中心コレクションの位置にあってほしかった作品である。

まず、関口清。

関口清は一九一九年群馬県前橋に生まれ、三九年四月東京美術学校西洋画科に入学。四三年九月同校を繰り上げ卒業してすぐに応召。一九四五年八月十九日、すなわち終戦の四日後に、宮古島の野戦病院において二十六歳で戦病死した画学生で、その手記は「きけわだつみのこえ—日本戦没学生の手記」（一九四九年東大協同組合出版部刊）でも紹介されている有名戦没学生の一人だが、のこされた手帖大のスケッチ帖にきざまれた「病み衰えた自らの姿」、「家族一人一人の顔」「パン、菓子、果物など夢に出てきた食べ物」の鉛筆デッサンは、まるで清の最後の命の一滴をふりしぼるような迫真性にみちていて、私の瞼の奥から片時も消えたことはない。胸にせまるのは、スケッチ帖のすみに書かれた次の一文。

俺は過去を最も楽しんで来た。そして現在最もくるしんでゐる。地獄も極楽もこの世にある故に俺は死ねない。生きることが最も正しいと信じてゐる。俺はこの世の地獄極楽を見たのちになほもなさねばならぬ仕事がある。（昭和二十年七月一日）

私が前橋市内にお住まいの関口清の姪御さん宅をお訪ねしたのは、たしか「無言館」が着工に入る半年くらい前のことだったが、姪御さんは「清さんのスケッチは、わが関口家の家宝。お預けすることはできません」の一点張りで、私がスケッチ帖を一時間ほどかけて観終わり、書かれてある文章をメモし終えると、ふたたび大事そうに白い布にくるんで手提げ金庫に仕舞われ、カチャリと錠をかけられた。そのカチャリという音が、「もう二どと絵をお観せすることはできませんよ」という関口家の宣言の音のようにきこえて、私はシュンとなった。

今でも私は、あの日前橋の関口家を訪ねたときのことを思い出し、「ああ、あの関口清のデッサンが一点でも無言館の壁に掛けられていたらなァ」と歯ぎしりすることしきり、ふるえるような鉛筆線で描かれた末期の清の痩身の絵を思いうかべることしきりなのである。

もう一人、忘れられないのは岡部敏也だ。

岡部敏也は一九二〇年山形県酒田市に生まれ、三九年四月東京美術学校日本画科に入学、四三年九月繰り上げ卒業後山形連隊に入営、満州からソ満国境黒河から外蒙古（現・モンゴル共和国）へと転戦し、四五年八月二十六日すでに終戦していたにもかかわらずソ連軍との戦闘で戦死した。享年二十五。

私は酒田市の敏也の生家を二どにわたって訪ねたが、その頃すでに地元では有名な物故画家として認められていた敏也の遺作の大半は、市立美術館に特別展示されているとのことで、お会いした弟の静郎さんは、「オタクにお渡しする敏也の絵は一点も無いんですよ」と一言。その帰途に立ち寄った美術館に飾られていた「出陣」と題された見事な武者絵が、もはや一介の画学生の力量をはるかにこえたものであったことを覚えている。
今でも時々夢の中にまで出てくる逸品の一つ、なのである。

（2020.10.1）

ある修復家の死――「記録」と「記憶」の保存に殉ず

去る七月二十六日、絵画修復の第一人者である山領まり先生が死去された。享年八十五。山領先生は「無言館」が設立されていらい、館にあつまる作品の修復保存を一手に担当され、若いスタッフらとともに戦没画学生の「命の証」ともいえる遺作の修復に全霊を傾けてこられた方で、私にとっては余人に代えがたい伴走者であり、同志であり、また戦友でもあった。ご冥福をお祈りするとともに、これまで先生と私がめざしてきた「無言館」における絵画の修復保存の特殊性と、そこにある「記録」と「記憶」の関係についてあらためて考えてみたい。

知られる通り、「無言館」にならぶ画学生の絵はほとんどが「戦後七十余年」の風雪にさらされてきた作品で、絵の具の剥落、画布の破れ、色彩の退色など、その損傷には目を覆うものがある。ふつうであれば、その画布の破れを縫い合わせ、剥れた絵の具を元にもどし、場合によってはそこに最低限の補筆をほどこして、できるかぎり絵を制作当時の状態に復元するのが「修復」という作業なのだが、「無言館」の場合は少しちがう。

「無言館」開館いらい、山領先生と私が一番重んじてきて修復の方針は、「絵を元通りにしない」、あるいはそれ以上の画面の劣化を食い止めつつ、「今現在あるがままの姿を保存しつづける」ということだった。生前、山領先生が口ぐせのように言われていた、「無言館の絵の修復は、いわゆる美術史的な名画の修復とはまったく意味が違う。どんなに完璧に作品を復元しても、画学生の絵が辿った時間の経過を消してしまったら意味がないのだから」という言葉が、いわばわが美術館固有の「修復哲学」だったといってもいいのである。そう、修復家山領まりが最も心を砕いたのは、「制作された作品」を保存することいじょうに、「画学生がその絵を描いていた時間」を保存することなのだった。

山領チームによって命を吹きこまれた「無言館」の絵はいくつもあるが、今でも心にのこっているのは、戦時中長崎地方航空機乗員養成所で美術教員をしていた大貝彌太郎(三十五歳で結核死)が、特攻兵として飛び立つ直前の若き兵士の肖像を描いた「飛行兵立像」、出征前夜に最愛の妹敏子の編みものする姿を描いた興梠武(二十六歳で戦死)の「編みものする婦人」、そしてもう一つは、身重の妻の裸身を描きのこして出征し、わが子暁介の誕生と妻の出産後の死を知りながら、満州の武川に散った中村萬平(二十七歳で戦死)の「霜子」である。

「無言館」に来館された人なら、だれでも「ああ、あの絵か」と気づいてもらえると思うのだが、正面の扉を押して入った壁のすぐ裏側に大貝彌太郎の「飛行兵立像」はある。その画面の破損状況は無惨というほかない。画面全体に走る無数のヒビ割れが、少年兵の顔といわず、全身といわず、あらゆる部分をむしばみ、九割近くの画面の絵の具が剥れ落ちている。最初福岡市郊外の遺族宅から運ばれてきたときの状態は、運搬するのさえ困難ではないかと思われるほどの損傷ぶりだったのだが、山領チームが格闘すること約半年、「無言館」に再び運びこまれてきたときにはどこか違った絵になっていた。というか、どこかに新たな命を注入された絵になっていた。ヒビ割れた絵の具のあいだからのぞく、ほんの僅かな少年兵の顔と、破損した画面の奥にかすかにのこされたその双眸に、少年兵が今もそこに生きていることを証明するのにじゅうぶんな生命力が宿っていたのだった。そこには出兵直前の、「祖国のために喜んで死んでくる」という若き特攻兵の意思がはっきりときざまれていたのである。

同じことは、興梠武の「編みものする婦人」にもいえた。

たしか興梠武については、同じ部隊に所属していて、帰還後「シベリアシリーズ」を描いて有名になった香月泰男がいて、香月はよく同じ部隊の美校出の興梠から絵の具やスケッチブックを貸してもらい、それで従軍中にも絵を描くことができたという逸話とともにこの連載でも紹介したと思うのだが、その興梠が出征前に可愛がっていた妹の敏子（敏子も武の出征後まもなく結核で二十五歳で他界する）をモデルに描いたのがこの「編みものする婦人」だった。しかし、この絵の傷みも相当なもので、宮崎県延岡市の義姪宅の天井裏に丸めて仕舞いこまれていた作品は、画面の半分いじょうが、ジグゾーパズルのように絵の具の剥離と脱落に見舞われ、丸めた絵をちょっと広げただけで、絵の具の破片がバラバラと舞い落ちてくるようなコンディションだった。瀕死の絵をおそるおそるワゴン車の後部座席に寝かせて、何と二十時間がかりの超低速運転で東京武蔵野市の山領アトリエまで運んできた日のことが、昨日のことのように思い出される。

しかし、この「編みものする婦人」も山領先生以下スタッフの手によって見事に蘇生したのだった。

べつに絵全体の破損状況が大きく改善したわけでも、剥れ落ちた絵の具の面積が減少したわけでもなかった。編みものする敏子の周辺のほとんどの色彩が剥れ落ち、残された部分に辛うじて少量の絵の具がへばりついているという悲惨な状況にも、ほとんど変わりはなかった。しかし、戦後五十年（当時）の歳月の経過のなかで、画面の約半分の色彩や線を奪われながら、画学生興梠武が描いた最愛の妹の像は、「瀕死の姿のまま」凛としてそこに生きていたのだ。まるで欠け落ちた絵の具のあいだを縫うように、一心に編み棒を動かす妹の細い指の何と美しく生き生きとしていたことよ。

「私たちはこの絵に対して修復らしい修復はしていません。生きのこった絵の力だけを守ろうとしただけです」

そういって微笑まれた山領先生の言葉を今も忘れていない。

山領チームの「修復」によって、それまで判明していなかった新しい事実が発見されたケースもある。

前々号でもくわしく紹介した画学生だが、一九四五年八月満州武川で二十七歳の生をとじた中村萬平の油彩画「霜子」は、美校時代に職業モデルとして通っていた霜子を描いた萬平の力作だが、浜松市在住のご長男暁介氏からお預りした際の絵のコンディションは最悪に近かった。暗紺色に近い昏《くら》い画面の中央に、片ヒザを立て両手で乳房をかかえるように椅子に坐った霜子の裸像。他の何点かの作品を包みこむような形で保管されていたその作品は、これまた「飛行兵立像」「編みものする婦人」同様、画面に何本もの線条痕が走り、絵の具の剥落こそ少なかったものの、画面全体にヤスリをかけたような擦り傷が無数にのこっているといった状態だった。山領先生の力量をもってしても、はたしてこの作品がどこまで命を回復するかは、私にもまったく予想がつかなかった。

ところが、何ヶ月間かして山領先生から「ぜひクボシマさんに見せたいものがある」という電話をもらって駆けつけると、工房の真ん中の画架に掛けられた「霜子」が、生まれ変ったような鮮やかな色彩を取りもどして鎮座しているではないか。

じつは最初その絵をご長男の暁介さんからお預りしたときには、中村萬平が描いた最後の「妻の像」というくらいの意識しかなかったのだが、工房スタッフが紫外線灯を使って綿密に絵具層を調査したあと、絵の表面の洗浄（細い綿棒で丹念に画面上の埃や塵を除去してゆく初期作業）をくりかえすと、だんたん色彩の強さがよみがえってきて、それまで深い暗紺色のなかに沈んでいた霜子の裸身がはっきりとうかびあがり、片ヒザを立てた腹部のあたりが、妊娠していることを示すようにポッコリとふくらんでいるのまでがわかったのだ。

「ということは、これは萬平さんがのこした母子像というわけなんですね」

私は感激に眼をうるませてそう叫んだものだ。

即刻、浜松の中村暁介さんにそのことを知らせると、例によって暁介さんはケロリとこう答えられる。

「ぼくには最初から、この絵は父が母とお腹にいるぼくを描いた絵じゃないかと思っていたんですよ。だって、もうそのときぼくが母のお腹にいたことは事実なんですからね。でも、今回絵が修復されて、母のお腹がはっきりふくらんでいたことがわかって、こんなに嬉しいことはありません。今度無言館に行ったら、孫たちにこれは萬平おじいさんが描いた母子像、つまりこの絵にはぼくも描かれているんだよって自慢できますから」

三十余年にもわたる山領まり先生とのお付き合いのなかで、こうした画学生の遺作修復にまつわる逸話、エピソードの類にはコト欠かない。

たとえば、北海道野幌に生まれて札幌の提灯問屋に就職、独学で絵を勉強し国画会展や道展に何ども入選、現在道立美術館に何点も秀作が収蔵されている大江正美は、戦争末期に召集され南方でコレラに罹って帰郷、その半ヶ月後に三十歳で戦病死した画学生だが、「無言館」に展示されている「白い家」という絵の下に、もう一枚「人物」という作品がかくれていたのを発見したのも山領先生だった。「白い家」は大江正美が出征する前日に、幼い頃離別した野幌郊外の生母の家を訪ねた帰途、その家を車窓からとらえた絵で、暮れなずむ北国の雑木林のなかにぽつんと佇む小さな家の灯が、何ともやるせなく胸をうってくる私の好きな絵だったのだが、その画布の下にあった作品「人物」は、まったく画風の異なるどちらかといえばシュール的といってもいい作品で、大江正美という画学生の内部にあった「もう一つの顔」をしのばせる作品といえただろう。まだ血気盛んな二十代だった大江が、自らの出自に対する屈折した感情とたたかいつつ、いっぽうでは西欧から押し寄せてくる新しい美術潮流を懸命に摂取しようとしていた一画学徒でもあったことを裏付ける作品といっていいのかもしれない。

いづれにせよ、そうした一人の画学生のあゆんだ足跡の光と影を正確にあぶり出したのは、山領先生以下修復チームのほとんど執着といってもいい一点の絵への愛情であり、その画家が生きた人生への敬意なしにはあり得なかったものだろうと思う。

では、いったい「修復」とは何なのか。

ただ単に破損した作品のダメージを回復させ、破れを繕い、色彩や線の退色をおぎない、できるかぎり制作されたときの完成度に近づける作業——少なくともシロウトの私たちが考える「絵画修復」とはその程度であり、破損した箇所がすっかり修繕されて、まるで画家が最初にその絵を制作していた当時と同じコンディションにもどすことが最大目的と思いがちだが、山領先生にいわせればそれは大きなまちがい。修復家山領まりが理想とする「絵画修復」とは、人間の手術にたとえるなら、傷や病を負ったその人の「臨死の姿」を、その姿のまま永遠に生かしつづけようとする仕事なのだというのである。

手元にある二〇一四年十一月二十八日付中日新聞文化欄のインタビュー記事のなかで、山領先生がそのあたりのことにふれてこんなふうに答えられているので、転載させていただきたい。

太平洋戦争前に日本軍が描かせた「戦争記録画」は、連合国軍総司令部（GHQ）に接収され、七〇年に米国から無期限貸与で百五十三点を東京国立近代美術館で収蔵、その修復にも参加したそうですね。

戦利品として手荒な扱いを受けていたんでしょう。作品は戻ってきたけれど、ぼろぼろの状態でした。当時はまだ「裏打ち」することが多くて、キャンバスの裏側にワックスと樹脂を混ぜたものを接着して全体を強化するんです。床に寝かせた三メートル四方の絵の上に板を渡し、それに乗っかって仕事をしました。

当時は画家や額屋さんが手掛け、自分の技量や美意識で絵に手を加えるなど、混然一体でした。現在は「画家の意図をくみ、欠損した箇所や構造的に弱っている部分に処置をしても、オリジナルの風合いを変えない」という考えが基準。そうした修復を確立していった第一世代が私たちだと思います。

今まで手掛けた修復作品は数千点とか、印象に残っているケースは。

戦没画学生らの作品を収蔵・展示する「無言館」から依頼された作品には印象深いものがたくさんあります。

けがで除隊し、療養中に亡くなった伊藤文雄さんの風景画を、破れや汚れ、絵の具が浮き上がった部分の処置をして、彼の弟に見てもらいました。すると、文雄さんが描いている姿の記憶がまざまざとよみがえったらしく、感動して思い出を語ってくれました。

戦争にまつわる絵画とのかかわりが深いですね。

戦争記録画には、藤田嗣治のようにすさまじい技量の絵もあれば、「この画家は、描きたくないという気持ちを抑えて作品にまとめたんだな」と感じられるものもあります。戦争に行かざるを得なかった画学生たちの作品は、描きたいという思いが本当に強い。一方で、粗悪な絵の具を使っていたり、技術が未熟なだけ作品の傷み具合もひどい。ごみだらけの場所から出てきたような保管状況が悪いものもあります。ある意味、有名作品よりも修復が難しい。

どちらがどうという価値判断ではなく、その時代を物語るものとして保存する意味が非常に大きいことがよく分かります。修復や保存は平和な時代にしかできないことですから。

（略）

ほこりなどの汚れをとるだけでも、作品の芸術としての力は戻ってきます。ですが、たとえ複数刷られる版画であっても、どれ一点として同じものはなく、替えはきかない。作業では緊張が解けません。

最近の仕事では、東日本大震災の被害をうけた作品群の修復を手伝いました。紙に含まれてしまった塩分を取り除かなければ保存に不都合が出てくる。でも単純に水で洗うと絵の具が動いたり溶けてしまい、作品のオリジナリティーが損なわれてしまいます。色ごとに洗い方のテストを重ねに重ねて処置しましたが、「動くなよ」と祈るような気持ちでしたね。

修復や保存の今後について、どんな課題があるのでしょう。

仕事の結果は、自分の人生よりも長く残っていきます。現時点でベストでも、後の世代が見直して、さらによい修復方法を見つけるかもしれません。そのためには個人の工房でも処置の記録を作成し、次時代に引き継いでいかなければなりません。

修復技術は日々発展していますが、今は残念ながら大学院を出ても仕事がないんですね。日本の美術館では専属で修復家を傭うケースは少なく、職を得たとしても短期契約がほとんどなんです。修復家の職人気質もあって、なかなか連携も取りにくい。共同で使用できる作業拠点や、横の連絡が取り合える体制ができれば、若い修復家も将来に希望が持てるのですが。

（略）

「無言館」にはかかわり続けていきたいですね。以前、「無言館」の作品修復について「きょうだいの一番上の兄が描いた作品を、末っ子の私が直して役に立っている」と例えたことがあります。この世代の人たちの思いを一番分かって作業できるのは、私たち第一世代じゃないか、あの時代の表だって見えてこない底に流れていたものも、私たちなら理解できるんじゃないかと。だからこの仕事は手放せないんです。

童女のような面立ちで、物静かな話し方に特徴のあった生前の山領先生が眼の前によみがえるようなインタビュー記事だが、そんなおだやかな話しぶりのなかにも、つねに「修復」と「保存」のことを考えられていた修復家としての衿持が心に迫ってくる。

初めのほうに紹介されている「無言館」の伊藤文雄の絵というのは、東京美術学校油画科卒業後に応召、罹病のため一時帰宅を許されたときの画学生文雄の絵で、けっきょく完治することなく三十三歳で息をひきとった文雄が、自室の窓からみえる庭の風景を何ども何ども描き直し、ついに完成させることなく今生に置いていった絶筆だった。山領先生は損傷のはげしかったその絵を、まるで文雄がそうしたように何ども何ども修復の作業をくりかえし、約一ヶ月間かけてようやく修復を完了させたのだが、修復がすすむにしたがい、弟の松彦氏がかたわらでこう声をあげたそうだ。

「そうでした、そうでした、そこに松の樹があって、木の柵があって、窓辺に何本もビンが置かれてあって……当時兄が描いていた庭の風景を、私もはっきり思い出しました。まるであの頃の、兄弟いっしょにいた時間がもどってきたようです」

それをきいた山領先生は、

「修復には、物質としての作品を直すだけじゃない、記憶を呼び覚ます力もあるんですねぇ」

思わずそうつぶやかれたというが、そこには修復家山領まりが終生もとめつづけていた「修復とは何か」「保存するとはどういうことか」という問いに対する、一つの結語がひめられていたように思えてならない。

山領まり先生、長いあいだ、「無言館」の絵を助けていただいてありがとうございました。どうか、安らかにお眠りください。「無言館」に託された作品すべての完全修復までは、まだまだ遠い道のりですが、これからも山領先生の遺志をつぐ若いスタッフの方々とともに、画学生がのこした作品の命の再生に取り組んで参ります。私たちの果てることない「記録」と「記憶」の保存の旅路をお見守りくださいますように。

（2020.11.1）

種子《たね》は蒔かれた……

前号で紹介したように、わが「無言館」に収蔵されている画学生の遺作の修復は、今こうしているあいだにも若い修復家グループによって順次作業がつづけられているのだが、その修復にかかる費用の財源となっているのは、十三年前に創設された「絵繕い基金」というファンドである。

このファンドには、創設いらい、全国津々浦々から多くの寄附金が寄せられている。七十余年前の戦火によって若い命を散らした画学生たちの作品の損傷や劣化を食い止め、かれらが一点の絵にこめた青春の輝きを、次の時代への「歴史遺産」として保存してもらいたいという願いをもつ人々から、修復に特化された基金に寄付があつまっているのである。

寄付の額はそれぞれである。つましい年金生活のなかから五千円、一万円のシワをのばして送ってきてくださる方もいれば、土地を売却して予定外の収入があったからといって、金一千万円也をポンと寄付してくださった篤志家もおられる。その動機もまちまちで、先の日中戦争や太平洋戦争で肉親を喪ったご遺族が、いわばその肉親の霊への供養といった意味をこめて「絵繕い基金」に協力してくれている場合もあるし、「二どと戦争を起してはならない」、「画学生のような犠牲者をふやしてはならない」という平和希求への思いから、老後資金のために貯蓄していた貯えのなかの何十万円かを送金してきてくださった方もいる。

もちろん、メディアの影響も大きい。時々「無言館」の活動がテレビで取り上げられたり、私自身がインタビュー番組に出演したり、また過去に制作された特集番組が再放送されたりすると、たちまち基金を寄せてくれる方の数がふえるし、金額もグンとアップする。同じ意味でいえば、私の講演も重要な基金あつめの一つで、全国あちこちに招かれて、遺作の修復の苦労や保存管理の難しさを訴えてくると、翌日追いかけるように「絵繕い基金」の口座に聴講者から多額の寄付金が届いていたりすることもある。

どんな事業でもそうだろうが、やはり今の世の中「宣伝」である。こちらからの「発信力」がなければ、その事業がめざす目的や使命に対する理解者や支援者の関心は得られないし、「無言館」に収蔵されている六百余点にもおよぶ遺作（書簡や葉書、日記、手記等を入れればその数は数倍になるだろう）の修復を実現することなどとうてい不可能なのだ。アト一年余で八十歳になる「無言館」館主が、老体にムチうって東奔西走、お招きくださる全国の方々のもとに講演旅をつづけている理由もわかってもらえるだろう。


ところが、である。

ご存じの通り、本年二月に新型コロナが襲来してからというもの、すっかり世の中が変ってしまった。それでなくとも近年急速に落ちこみつつあった「無言館」の来館者減少に拍車がかかり、三、四、五月は連日来館者がヒトケタ台、朝から一人の鑑賞者もいないというゼロの日も何日かあった。最初は好スタートだったファンド「絵繕い基金」への寄付金もみるみるペースダウン、このところ修復してもらう作品の数も以前の半分以下といった状態になっているのである。

それと、これまで基金拡大の有力な手段になっていた私の講演活動が、コロナ禍によって二月頃からほとんどがキャンセル、延期となったのも痛い。今や私自身が完全無収入状態、絵の修復どころか「無言館」そのものの経営にまで赤ランプがつきかねないありさまなのだ。

もっとも、そうした状況のなかでも、「絵繕い基金」への寄付がまったく寄せられなくなったわけではない。コロナ禍のもとにあっても、「無言館」が県からの約一ヶ月間の自粛要請に応じて長期休館（四月下旬〜五月中旬）に入ったというニュースがながれると、見も知らぬ人たちから「大変でしょうが頑張ってください」とか、「どうか作品の修復保存だけは続けて」とかいった激励文とともに、全国各地からあたたかい支援金がとどく。なかには、政府から新型コロナ救済金として支給された例の特別定額給付金「十万円」を、そのまま「無言館の運営費にあててください」と送ってきてくださった方も何人かいた。かならずしも日頃から諒《りょう》としていない現政府からの見舞金が、回り回って「無言館」への支援金になってとどくという現象には、何となく失笑してしまうのだが。

しかしながら、ともかくもそんな形で、画学生の遺作の修復保存にあてられるファンド「絵繕い基金」のほうは、一時期のような勢いはないものの、細々ながら命脈を保っているというのが現状なのである。

だが、考えてみれば、このように世界じゅうが正体不明の疫病にさらされパンデミックの状態にあるなか、七十余年前の戦争で死んだ無名画学生の絵の修繕費に僅かでも寄付をしたいと申し出てくれる人がいるということに胸をうたれる。しかもその大半は、けっしてブルジョアでもなければ金持ちでもない、ごく一般の中流家庭の人々であり、自分たちだって生活ギリギリで暮している人もいるのだ。「最近は寄付の額が少なくなった」だの、「もう一ケタ奮発してもらえればありがたい」などといったら、それこそバチが当るというものだ。

いつだったか、「絵繕い基金」のファンド創設を思い立った頃、別居中の妻からしみじみとこんな電話がかかってきたことがある。

「昔から赤い羽根募金の高校生や、歳末助け合いの募金箱をみると逃げて回っていた人が、今じゃ赤の他人さんから何百万円もの寄付をいただいて美術館をやっているんだから……人間なんてわからないものねぇ」

ところで、じつは「無言館」には「絵繕い基金」の他にもう一つ、二、三年前に新設した「無言館を支えよう基金」というのがある。

これは読んで字のごとし、「無言館」そのものの運営に対して支援を仰ぐファンドで、たとえば美術館の施設が傷んで補修せねばならなくなったとか、駐車場の敷地の一部が陥没したので工事しなければならなくなったとか、冬期などの来館者減少によって館員の給与の支払いが苦しくなったとかいったときのためにプールしておく、いわば「無言館保険ファンド」とでもいうべき基金である。

最初にのべたように「絵繕い基金」は、画学生の遺作を修復するための費用にあてる、文字通り「修復に特化」された基金なので、他の用途に回すわけにはゆかない。いくら館員の給与に困ったからといって、「絵繕い基金」を使うわけにはゆかない。雨漏りの修繕に流用することは許されないのである。それで考えに考えたすえ、「無言館」の運営にかかわることであれば、どんなことにでも使える「支えよう基金」の創設を思いついたというしだいなのである。

だが、寄付する側にしてみると、何となくややこしい二つの基金である。というか、どっちも目的が同じような基金である。寄付する方たちにとって、自分が寄付した基金の目的が「絵を修復し保存してゆく」ということであっても、それでは「無言館」の屋根の補修は二の次でいいのか、駐車場の敷地は陥没したままでいいのか、受付に坐る館員の給与が遅滞していていいのかと考えているわけではない。あくまでも「絵の修復」は「無言館」が健全に運営されていての話であり、画学生の遺作イコール「無言館」なのである。早いはなし、寄付者にとって「絵繕い基金」は「無言館を支えよう基金」なのであり、「無言館を支えよう基金」は「絵繕い基金」でもあるのだ。

けれども、顧問の会計士さんにいわせると、この区別はとても大切なことなのだそうだ。「絵繕い基金」は絵を繕う、すなわち傷んだ遺作を修復保存するという約束のもとに集められたお金なのだから、それを屋根の補修や駐車場の工事に回すのは反則なのだという。同時に「無言館を支えよう基金」のほうは、遺作の修復以外の用途に使われるべきお金であるから、たとえ今後「絵繕い」の資金が底をつくようなことがあっても、「支えよう基金」からはビタ一文出すわけにはゆかないのだという。

気の毒なのは、寄付してくださる方々のほうで、この二つの似て非なる基金の両方に協力してくださっている方がずいぶんいる。「絵繕い」に寄付し、「支えよう」にも寄付してくださっている方である。なかには郵便振りこみ用紙の通信欄に、「何にでもいいので使ってください」とか「使途はおまかせします」なんて添え書きをしてくださっている人もいる。こういう熱心な支援者にとっては、「絵繕い」は「無言館繕い」でもあるといっていいのだろう。現在の「無言館」経営が、そんな心ある市井の人々の浄財によって成り立っていることを知るにつけ、私はつくづく自分の経営能力の無さを再認識すると同時に、いつまでもそうした匿名の善意にすがって館を営んでいていいのだろうか、といった思いに身を固くするのである。

二〇〇八年（開館十年め）に一般財団法人となった「無言館」には、当然「理事会」というものがある。年に二、三どくらいだけれど、理事長である私を中心に、六名の理事、三名の評議員、監査役一名が上田の「無言館」にあつまって（たまに東京駅近くの貸会議室などを利用したりすることもあるが）、互いに館の運営や将来の方針についての意見を交換し、私のほうからは館の経営状況や成人式等催事についての成果報告をする、いわゆる「理事会」がひらかれる。

メンバーは文字通り多士済々で、一線で活躍されている女性弁護士吉川知恵子さん、野田政権期の厚生労働大臣をつとめられた小宮山洋子さん、元NHKの人気女性アナウンサー青木裕子さん、京都立命館大学の名誉教授であり、現在は同大附属の「国際平和ミュージアム」の名誉館長でもある工学博士安斎育郎さん、それに「無言館」に収蔵されている画学生の遺族を代表して、現在ご本人も画家として活躍されている川嶋紘一さんなどなど、私にとっては千人力ともいえる強力なアドバイザーのあつまりなのだが、いつもそこで議題にのぼるのが、もう少し「無言館」が経済的に安定するためには、もっと国の補助や公的な助成金制度を上手に活用したらどうかという意見である。

じっさい、これまでにも監査役をひきうけられている会計士の小川先生からは、「より税的優遇がうけられる公益財団法人化も考えていいのではないか」、「長野県には文化事業に対して補助する特別な基金制度があるので一ど申請してみるのもテではないか」といった提案がいくども出されているのだが、肝心の理事長である私の態度が今一つはっきりしないために、その議題は多くの理事が賛同しているにもかかわらず、いつも最終決定には至らぬまま次に持ち越しとなってしまうのである。「絵繕い基金」にしろ、「無言館を支えよう基金」にしろ、明らかに近年頭うちになっている実状からすれば、「公益財団化」や「県の基金の活用化」はもっと前向きに検討されて然るべきなのに、なぜか親分の私が煮え切らない返答をくりかえすので、最近では監査役の小川先生までちょっぴりオカンムリといった状況なのだ。

では、なぜ私は煮え切らないのか。

ひとくちにいえば、私は現在の「無言館」におクニのお金が注入されることがイヤなのである。できることなら、「無言館」の仕事は戦争で苦労した一般庶民、空襲や戦後の食糧難によって辛酸をなめた人々の手で営んでゆきたいという思いがあるのである。もっというなら、「無言館」はクニの力によって無理矢理戦地に駆り出された若者の作品が飾られる美術館であって、今更そこにかつての主導者であり命令者であった「日本国」からの献花などはうけたくないという、ちょっぴり前時代的ともいえるこだわりを捨てられないでいるのである。

人はきっと言うにちがいない。

それはアンタの我儘というものではないか。たしかに当時の若者の命を奪った戦争の責任は、「天皇陛下」を現人神《あらひとがみ》とし、勝利するアテのない戦地に多くの無辜の民を送り出した当時の国体にあったけれども、もうあれから七十余年も経って世の中は変ったのだ。今や我々国民一人一人があの時代を猛省し、負の歴史をみつめ直し、三百何十万もの自国兵を死に追いやった過ちを冷静にふりかえる時代になっているのだ。もしアンタが本気で「無言館」の将来を考え、次の時代に画学生たちの遺作をのこしたいと願うのなら、その当事者たるおクニから助成金を得ることはちっとも恥かしいことではない。だいたい「絵繕い基金」にしたって「無言館を支えよう基金」

にしたって、そこに寄付する人たちのなかには、あの戦争を主導した軍人の家族や末裔だっているかもしれないじゃないか。庶民、庶民というが、その庶民にだって「戦争責任」はあるんだ。とにかく、もうそろそろ「無言館」の代表者であるアンタには、そんな古びた頑なな態度をかえてもらい、何をおいても「無言館」をある程度の経済的安定をもって運営してゆくという気持ちになってもらいたい。一皮むけた「経営者」になってもらいたいのだと。

だが……どうしても私は素直になれない。おクニからの補助をうけ入れれば、そりゃ経済的にはラクになるかもしれないが、今の「無言館」が「戦争に泣いた人」、「戦争で大切な人の命を奪われた人々」の手で営まれているという意味が喪《うしな》われてしまう。基金に寄せられる見も知らぬ方々からの千円札、五千円札、一万円札のあつまりが、クニからの何千万円、何億円の助成金によって、丸ゴトどこかに吹っとんでしまう気がするのだ。

そういうとき、きまって私の頭のなかでくりかえされるのは、こんな自問自答である。

—わかる。自分が本当に「無言館」の将来を考える人間なら、もっと素直になっておクニの制度を利用すべきであるという理クツはわかるのだ。私はどこかで、「無言館」の仕事を私物化しようとしているのかもしれない。おクニの助けを借りずに庶民の手で、などといっているが、それはけっきょくこの仕事を自分の手でやりとげたい、この仕事の主役は自分でありたいという欲求の表れなのだと思う。私はおクニの干渉をふりきることによって、自分一人の手で「無言館」の画学生を守るというエエカッコシイを味わいたいだけの男なのかもしれない。

とどのつまり、それは（いつかご遺族の一人も言っておられたが）「無言館」が私自身の唯一の「戦後処理」の方法であるからなのだ。戦争について何ら考えをおよぼすことなく、ただただ物カネにおぼれ、戦後の経済繁栄に流されてきた自分の、人生最後の「戦後処理」のチャンスだからなのだ。もしここでおクニの助けにすがってしまったら、ようやく得た自分の「戦後処理」の機会を失なってしまうことになる。妙な言い方になるが、私はもっともっとこの美術館をつくったことで苦しまなければならないのである。借金をかかえ、家族を路頭に迷わせ、七転八倒して人生を終えなければならないのである。そうしたときにはじめて私は、「何も考えずにのほほんと生きてきた自分」を成敗し、絵を描くことを愛しながら戦死していった画学生に対して、同じ絵を愛する者の一人として、「自分にできることは精一杯やりました」と言いきれる人間になれるのだ。

ではその結果、「無言館」の経営が立ちゆかなくなってもよいのか。それではダメなのだ。私がこのままこの館の代表をつとめていたら、将来の「無言館」のお先真ッ暗は眼にみえているではないか。

考えるに、解決策はただ一つ、私がこの「無言館」館主の座から退席することだろう。老兵は消えるのみ、という言葉があるが、いつまでも「戦後処理」「戦後処理」と念仏のように唱えている男がこの館の主《あるじ》であっては、「無言館」のゆき先に支障をきたすことは必至である。私がこの館を出れば、次に託された人が私のようなこだわりを捨て、自由に「新しい無言館」を創造してゆける。新しい発想、新しい哲学で館の運営をすすめてゆける。創業者クボシマの呪縛から解き放たれ、おクニの助成金や税の優遇制度を活用することも自由になる。そうすればもっと経済的な余裕をもったうえで、「無言館」の活動を展開してゆくことが可能になるだろう。（そんなことは、とうの昔からわかっていたことなのだが）。

そうだ、何たって私はもうアト少しで八十路をむかえる病持ちの老兵なのだ。今や「無言館」の将来はその老兵の覚悟にかかっているのだ。私がちゃんと次の世代の人に「無言館」のバトンを手渡すことさえできれば、じつはそれこそが本当の意味での私の「戦後処理」のゴールになるはずではないか。

余談になるが、ついこのあいだフィンセント・ファン・ゴッホの生涯をテーマにした「永遠の門」という映画を観た。ゴッホを演じた男優の面構えも演技も良かったし、映画の内容もなかなか良かった。とくに印象にのこったのは、オーヴェルの丘で短銃自殺をとげる少し前のゴッホにむかって、教誨師がこう語りかける場面《シーン》だ。

教誨師はゴッホに言う。

「あなたの職業は何か」

ゴッホは小さな声で答える。

「画家です」

それに対して教誨師はさらに問う。

「あなたの作品は、これまで弟の画商テオがたった一枚買っただけで、それ以外の世間の人には一枚も売れなかった。それでもあなたは、自分の職業を画家であるといえるのか」

それにもゴッホは、

「はい……私は画家です」と答えたあと、こう付け加えるのだ。

「私は生涯を賭けて種子《たね》を蒔いてきました。私の作物を収穫するのは、私が死んだあとの後世の人たちです」

ゴッホと自分をくらべる神経はどうかと思うが、死ぬまでに一どでいいから言ってみたいな、こんなセリフ。


（2020.12.1）

「残照館」の夕陽

旧「信濃デッサン館」の建物は、現在「KAITA EPITAPH 残照館」と名をかえて、毎週土、日、月の三日間だけ、受付に私がすわって開館する美術館（「無言館」入館者の鑑賞料は無料）になっている。前にものべたように、「信濃デッサン館」に並んでいた村山槐多や関根正二、松本竣介や野田英夫といった早世画家たちの主たるコレクションは、来春四月に長野市善光寺そばにリニューアルオープンされる予定の新・長野県立美術館に寄贈（一部買い上げ）させてもらうことになり、今は手元にのこった僅かなコレクションを展示する、いわば「残りもの美術館」として再開しているというわけである。

入り口そばには、「残照館のこと」と題された私のこんな文章が掲げられている。

二〇一八年三月十五日、三十九年八ヶ月にわたって営んできた私設美術館「信濃デッサン館」を閉館した。コレクションの大半を長野県に寄贈し、一部を購入してもらった。いらい、私は空っぽになったこの建物に近寄るのもつらかった。自分で建てた美術館、自分であつめた絵を喪《うしな》うことが、こんなにも哀しく淋しいものかと知った。

このたび私は、その淋しさからのがれるために、館名を「残照館」とかえて、手元にのこった絵をならべて再開することを決意した。病をかかえた八十歳近い老人が、アト何年この館を運営できるかわからないけれど、好きな絵に囲まれて死ぬのなら幸せだと思った。

私は芸術がわかって絵をあつめた人間ではない。「何も誇れるものない自分」を、「画家がのこした絵の魂」のそばに置くことによって、一人前の人間になりたかったというのが動機だった。「信濃デッサン館」の絵は、新しく建つ県立美術館で観てほしいが、私にのこされた貧しい残りもののコレクションにも眼を凝《こ》らしてほしい。

「残照館」とは、いつのまにか日暮れのせまった道をあるく男の感傷から生まれた館名で、KAITA EPITAPH は、私が半生を賭けて愛した大正期の夭折画家村山槐多の「墓碑名」を意味している。

一昔前のウヰスキーのCMじゃないが、何も足す必要はなく、何も引く必要のない文章である。私が「残照館」をつくったのは、まさしくこんな気持ちからだった。

ただ一つだけ言いのこしたことがあるとすれば、「残照館」という命名について、「日暮れのせまった道をあるく男の感傷から生まれた」と書いたが、これはべつに私の人生がすでに晩年にさしかかって、すぐそこまで死がせまっているという意味で書いたわけではない。何しろ今や百歳、百何歳がザラにかっ歩する時代である。たしかに「残照」は日没寸前の空を朱く染める薄明のひとときではあるけれども、最近人生は「日没」からが本番であるような気がしてきている。日が暮れてからが、勝負なのだ。

じつは、私がそのことに気がついたのは、旧「信濃デッサン館」を「残照館」にして再開しようと思い立ち、じっさいに土、日、月の三日間、美術館の受付にすわって来館者の応待をしはじめてからのことである。たしかに私はアト少しで八十路をむかえる正真正銘の老人であり、十指にとどくくらい数々の病をかかえる男ではあるのだが、まだ死んではいない。よく「有終の美」だとか、「最後にもうヒト花」だとかいう言葉を使うことがあるが（あんまり好きな言葉ではないけど）、まさしく私は今、自分がたどってきた美術館人生の最後の店番をするためにここに生きているのではないか、という気がしてきているのである。

人生の終着点が近づいた今、こうして好きな絵の御守をしている時間こそが、じつは自分がもとめていた「人生最高の至福の時間」なのではないのか。

そんな気持ちになったのは、今回「残照館」なる美術館を再オープンしてみて、私はあらためて「自分はとことん絵好きなコレクターだったのだな」ということに気づかされたからである。

とにかく受付の椅子にすわったとたん、ムラムラと絵好きな血が湧いてきたのだ。絵狂いに火がついたのだ。最初は手元にのこった「残りものコレクション」を、以前から「信濃デッサン館」を愛してくれてきた少数の来館者たちに観てもらい、「あ、この絵はまだここにあったのか」とか、「お、この絵と会うのは久しぶりだな」とかいった感想をもってもらえればじゅうぶんと考えていたのだが、開館準備のために何日間かかけて作品を選別し、壁にかけたり外したりしているうちに、「うーむ、この画家の隣りにはやはりあの画家の絵がほしいな」とか、「ああ、ここにあの絵があったらいいのにな」とかいった欲求が吹き出してきたのである。

絵にくわしくない人にはわかってもらえないかもしれないが、因みに現在「残照館」に展示されている画家たちの作品を列挙すると、たまたま長野県に移譲するリストから洩れていた村山槐多、野田英夫、吉岡憲、鶴岡政男といった異才画家たちの小品、それに日本近代彫刻の先駆的作家ともいえる戸張孤雁、舟越保武、浜田知明らの彫刻やデッサン、そしてオーストリアの夭折画家エゴン・シーレや、十八世紀のイギリスの画家、版画家、また神秘的詩人でもあったウィリアム・ブレイクの石版画などなど、「残りもの」とはいえちょっとした逸品がズラリと並んでいる。そして、何より自慢したいのは、二つの小部屋にわかれて「立原道造記念展示室」が設けられていること。一九三九年二十四歳で夭逝、名詩「暁と夕《あかつき ゆうべ》の詩」や「萱草《わすれぐさ》に寄す」や「優しき歌」をのこしたことで知られる立原道造は、いっぽうでは抒情的センスにあふれた建築家としても多くのファンをもつ詩人だが、何と「残照館」には、その立原道造の中学時代のパステル画や生原稿、手製詩集、あるいは愛用の文具や机などを紹介する特別記念室が二室も開設されているのである。

いつかものべたように、コレクションする（したくなる）という衝動は、れっきとした一つの病気である。好きな画家の好きな絵の前に立つと、もう何もかも忘れてその絵が欲しくなってしまう。もちろん、金銭的にまったく手のとどかない絵であれば諦めがつくのだが、借金をしたり何かを処分したりすれば何とか購入できる範囲のものだと、万難を排してその絵が欲しくなる。自分のものにしたくなる。世の中には「アルコール依存症」をはじめ「賭けゴト依存症」等々、「何々依存症」と名のつく人間の精神的宿痾が数あるけれども、「絵を欲しくなる」という病もまた、りっぱな「依存症」の一つなのである。

早いはなし、私は空き家となった旧「信濃デッサン館」を「残照館」と改名し、いわば自分の老後のささやかな娯しみとして、手元にのこった小品を飾る美術館をオープンしようと考えたのだが、だんだん館が完成してくるにしたがって、「もっといい美術館にしたい」「もっといい絵の並ぶ美術館にしたい」という欲望におそわれはじめたのである。つまり、病気が再発したのだ。

自分でいうのも何だけれども、「残りもの美術館」だなんて謙遜しながら、「残照館」に展示されている作品は、かつての「信濃デッサン館」の収蔵品には遠くおよばないものの、そこらそんじょの並の美術館とくらべてけっして見劣りしない水準のコレクションを擁しているという自信がある。

そして、ここで重要なのは、そんなふうに自分の「残りもの美術館」をみているうちに、私の心の内部に「あの絵を加えたい」「あの画家もほしい」という野心(?)が再燃してきたことである。「信濃デッサン館」を売却、閉館を決意したとき、もう二どとコレクションの道に入ることはないだろうと思っていた心に、再びメラメラと絵好きな炎が燃えあがってきたことは、私自身にとっても意外なことであった。私にはまだそうした「コレクター魂」がのこっていたのか。

加えて、何より私の気分を解放したのは、再開した「残照館」の受付にすわっているあいだは、ほんの五百メートルむこうにある「無言館」のことを忘れられることである。「無言館」のことを忘れて、好きな絵描きのことばかりを考え、ここにあの絵を飾りたい、ここにはあの画家の絵がほしいとかいったことだけで頭をいっぱいにしている、いわば本来の絵狂いの自分にもどれたことである。

それはある意味で、「無言館」が私にとって自分の好きな「絵」の存在とは、ほとんど無関係な美術館であったという証明でもあるだろう。何しろ「無言館」の作品は、自分の身銭を払ってあつめた作品でもなければ、何年がかりで血マナコになって探し出した名作でもなく、戦争によって愛する血縁者を失なった全国のご遺族から「預けられた絵」なのだった。もちろんそのなかには、将来かならず大成したにちがいない才能ある若者の絵もふくまれていたが、それは私が「信濃デッサン館」や「残照館」であつめた絵とはまったく性格のちがうものであった。いってみれば私にとって「無言館」の絵は他者からあたえられた絵であり、「信濃デッサン館」や「残照館」の絵は、自分の手で獲得した絵なのだった。

ご恩にそむく言い方になるかもしれぬが、「無言館」の運営が全国の心ある支援者からの寄付によって賄《まか》なわれていることも私を苦しめた。自分で建てた美術館でありながら、それを支えているのは戦争で苦労した人たちからの援助なのだ。館内に飾られている絵はすべて遺族からの「預かりもの」、そしてその館を運営する資金の大半は支持者からの寄付金。私が「無言館」に対して、今一つ「自分の美術館」としての実感がもてなかったのも仕方のないことだったろう。

それに、メディアで取り上げられるのが、いつも「信濃デッサン館」(「残照館」)ではなく、もっぱら「無言館」のことばかりというのも、何となくシャクにさわった。毎年八月の終戦記念日が近づいてくると、あちこちから新聞社やテレビ局がやってきて、「無言館」館主の私に「戦争」やら「平和」やらについてのコメントをもとめてくる(めったに美術や芸術についての質問はない)。「あなたは護憲派か改憲派か」とか、「現政権についてどう思うか」なんて訊いてくる記者もいる。慣れとはおそろしいもので、私はそんなメディアにそれなりの発言をしているうちに、いつのまにか志半ばで戦場に散った画学生たちへの鎮魂に身を捧げる、正義感あふれる「平和運動」のリーダーのような扱いをうけるようになり、今や美術館の館長サンというよりも、戦争資料館か平和祈念館の代表といったほうが通りがいいようになってしまったのである。

その何ともいえない二重構造への「居心地の悪さ」というか「後ろめたさ」みたいな思いについては、これまでにも何ども書いてきたので繰り返さないことにするけれども、私は「残照館」の受付にすわるようになってから、そうした「無言館」館主としての呪縛から解き放たれ、何か晴れ晴れとした気分になっている自分を発見する。妙な言い方だが、「戦争」とか「平和」を語らずに絵を観ることがこんなにもラクなものか、その絵を描いた若者たちの「無念」や「宿命」にふれずに絵を語ることが、こんなにも楽しいものかということをしみじみかみしめているのである。


だいたい、人間はなぜ絵を描くのか。

答えは簡単である。「描きたいから描く」のである。旧石器時代人がアルタミラやラスコーの洞窟に動物や人の絵を描いたのも、現代の乳幼児がたのしそうにクレヨンでパパやママの絵を描くのも、人間にある「描きたいから描く」という本能から生まれた行為である。けっして他者にその絵を誉められたいからとか、感動させたいからなどという動機で描くのではないのである。

しかし、やがて年齢を経て画家を志したり、絵を売って食べるために描くようになってくると、描かれる絵の性質がだんだん変わってくる。プロになった画家の描く絵は、そうした本能とはべつの承認欲求から生まれたものであって、「描きたいから描いた絵」ではなく「生活するために描かれた」絵である場合が多い。

ついでにいえば、「絵を観る」という行為も同じである。そこに絵があれば、人間はしぜんと「絵を観る」という本能にめざめる。海の絵であれ川の絵であれ、木の絵であれ花の絵であれ、人間の眼はしぜんにそれを「絵に描かれた世界」のものとして捉える。現実にある海や川ではなく、人間はそれを本能的に「人間が描いた海や川」として認知し、自分の眼で鑑賞し分析しようとする。そしてそこに、その絵を描いた画家の想像力や夢想力や喚起力を発見し、実際にそこにある現実の風景いじょうの感動を得るのである。

もし私の営む「無言館」と「残照館」に切っても切れないつながりがあるとすれば、二つの美術館には「描きたいから描く」という人間の本能から生まれた絵ばかりが飾られている点だと思う。「残照館」にならぶ村山槐多も吉岡憲も野田英夫もエゴン・シーレもそうだし、「記念展示室」にある立原道造もそうだし、「無言館」の画学生たちもそうである。とりわけ「無言館」の画学生の絵は、だれかに頼まれたり命令されたりして描いたものではなく、「描きたい」という本能にかられて絵筆をとった作品ばかりである。出征直前に、かれらがのこされた生のすべてをそそぎこんだ「絵を描く」という行為の純粋さ。いつも堂々めぐりになるのだが、私が「無言館」を設立したのは戦争や平和を語るためではなく、そうした画学生たちの「絵を描く本能」を伝えたかったからだった。人間の「描きたいから描く」という本能の尊さを伝えたかったから「無言館」をつくったのである。少々大げさにいうなら、そんな人間の「描きたいものを自由に描く歓び」、「描かれた絵を自由に鑑賞する歓び」がいかに大切なものかを伝えたくて、一卵性双生児の美術館「無言館」「信濃デッサン館」をつくったのである。

そんなことを考えながら、「残照館」の受付にすわっていると、時々とんでもない客が「無言館」からながれてくることがある。

息セキきってやってきて、「無言館」で購入した私の本にサインをしてもらえるかときくので、もちろん喜んで、と署名をして差し上げると、そのまま「残照館」には見向きもせずに立ち去ろうとする。

「絵はごらんにならないのですか？」

ときくと、

「もう無言館で胸がいっぱいになっちゃって……それに、こっちは戦死した人たちの絵じゃないんでしょ？」

帰りにおソバ屋さんを予約しているので、といって連れの待つ車のほうにバタバタと駈けてゆく。どうやら、その客人にとっては、絵を描いていた人間が「戦争で死んだ人」であるか否かが最大の関心事らしいのである。

もう一人、こんなお客もいた。

ひとしきり「残照館」の館内を見学したあと、受付の私にむかってこう言う。

「年代的にみると、ここに飾られている画家サンは、無言館の画学生サンよりずいぶん前に生まれた幸せな時代の人たちでしたねぇ。村山槐多という人なんかは、日露戦争で日本が勝利したいい時期に好きな絵を描いて……酒をのんで女遊びに呆けて死んでいったわけですから、ま、結核で死んだのも自業自得じゃないでしょうかね。そう考えると、さっき無言館で拝見してきた画学生たちがよけい不憫で不憫で……」

たしかにそうかもしれないと思い、半分うなずく。

「信濃デッサン館」の代表的コレクションだった村山槐多や関根正二が生きたあの大正という時代は、時代そのものが十五年という短い「夭折の時代」だった。昭和に入ってからの戦争の歴史をふりかえると、あの時代がどれだけ若い画家たちにとって、表現の自由を謳歌できた幸せな時代だったかに気づかされる。それゆえ西欧から押し寄せる新しい美術運動に精いっぱい抗《あらが》い、自我にめざめ、もっとも日本人画家が「日本人らしい洋画」を確立することができた時代でもあったのだ。だが、槐多も正二も、今のコロナと同じように、当時世界じゅうに大流行していたスペイン風邪（流行性感冒）に斃《たお》れた画家たちであって、けっして酒と女におぼれて死んでいったわけではない。その点だけは、客人にわかってもらわねばならない。

モヤモヤした気分で、閉館時刻の夕方四時頃になって「残照館」の庭に出てみると、ちょうどその日は館がオープンして一ヶ月が経った六月の最終日曜日。喫茶室「槐《えんじゅ》」のある前庭から一望される塩田盆地の西方の空が、うっすらと日没の茜色にそまりつつある。

文字通り、「残照館」に日暮れの刻《とき》が訪れているのである。

「無言館」にならぶ戦没画学生小野春男の父は、俗に「茜色の竹喬《ちっきょう》」ともよばれた京都画壇の重鎮小野竹喬だったが、その竹喬が描く京都衣笠の日暮れ空を思わせるような薄暮色のちぎれ雲が、峠一つこえた別所温泉あたりの空を何とも美しくそめあげている。美しい、という表現では間に合わないくらいの美しい日没空。その空をみているだけで、ああこの地にきてよかった。ここで暮していてよかったと思わせてくれる夕空なのだ。

竹喬の絵を思いうかべたせいだろう、そこで私はふと、村山槐多が一九一四（大正三）年、初めて信州を訪れた十七歳の頃に書いた名詩「京都人の夜景色」を思い出す。

ま、綺麗やおへんかどうえ
このたそがれの明るさや暗さや
どうどっしゃろ紫の空のいろ

空中に女の毛がからまる
ま、見とみやすなよろしゆおすえな
西空がうつすらと薄紅い玻璃みたいに
どうどっしゃろえええなあ

「無言館」を眺めながら「残照館」の庭に立つ私にむかって、詩の最後はこんな京コトバでむすばれているのだ。

なんで、ぽかんと立って居るのやろ
あても知りまへんに

（2021.1.1）

続・短いあとがき

この『続・「無言館」の庭から』に収められた文章は、前巻同様、「民主文学」に二〇二〇年二月号から本年一月号まで連載されたエッセイ十二篇に、やはり「革新懇ニュース」に同時期連載されたコラム二十篇を加えたものである。前巻の「まえがき」には、「この本は答えをさがしあぐねる筆者の苦闘記録」などと、少々イキがった言葉を綴ったが、こうして二巻にまとめてもらうと、「無言館」という小舟に乗って荒波にあそばれる筆者の「漂流記」ではないかといった気もしてくる。すべては、良書元で知られるかもがわ出版三井隆典さんの計らいから生まれたもので、氏にはいくら頭を下げても下げ足りない。

よくメディアから「無言館をどんな人に観てもらいたいか」と問われて、そのたびに「戦争を知らぬ若い人たちに」と答えている私だが、本心をいうと、「自分と同じ太平洋戦争開戦前後に生まれた中高年者たちに」という思いもつよい。「戦争」を教科書でしか知らない若者たちに「無言館を訪れよ」と希《のぞ》む前に、勤めから帰るとテレビの前でビールを飲んで床にもぐりこむ日々の同輩たち、いわば戦後日本の「漂流者」の仲間たちにも、ぜひわが館へと呼びかけたいのである。「戦

窪島誠一郎（くぼしま・せいいちろう）

1941年、東京生まれ、父親は小説家の水上勉。作家、戦没画学生慰霊美術館「無言館」、「残照館」館主。『「無言館」ものがたり』（講談社、サンケイ児童出版文化賞）『鼎と槐多』（信濃毎日新聞社、地方出版文化功労賞）を始め、太平洋戦争に出征した画学生や夭折した画家の生涯を追った著作、父との再会や晩年を語る多くの著作で知られる。第53回菊池寛賞受賞、平和活動への貢献に与えられる第1回「澄和《とわ》」フューチュアリスト賞受賞。

続「無言館」の庭から

2021年5月10日　第1刷発行

著　者　

発行者　竹村正治

発行所　株式会社かもがわ出版

〒602-8119　京都市上京区堀川通出水西入

TEL075-432-2868　FAX075-432-2869

振替 01010-5-12436

ホームページ http://www.kamogawa.co.jp

印　刷　シナノ書籍印刷株式会社

ISBN978-4-7803-1158-7　C0095